Gaea

GAEA

Gaea

GAEA

北投機車快遞

汪恩度　著

北投機車快遞——目錄

/ 第一章

陳偉迅拿著手機，站在巷弄中央向四周張望。他戴的安全帽上，畫著一隻張開血盆大口的鯊魚，而鯊魚張大的嘴巴中，剛好露出他一臉迷茫的表情。

他手中的手機還不時傳出高亢的雜音。

「阿弟仔，你到哪裡了？」

「我終於找到妳說的便利商店了！妳家到底是哪間？」

「就是紅色那棟嘛，你有沒有看到？」

「喔有有有，我看到了。」

「你拿得動齁，不用我幫忙了吧。」

「在五樓喔？沒有電梯嗎？」

「這個我每天在走都沒有問題了，年輕人要多運動啦！」

陳偉迅想也沒想，立刻按下了螢幕上那個掛斷通話的紅色小圓，就在通話結束的那一刹那，他的悲鳴也忍不住脫口而出。

「靠北！這到底是什麼工作！被阿公騙了！這到底哪裡很輕鬆？」

固然陳偉迅的吶喊很是悲壯，不過此時空無一人的小巷中並沒有任何人能給予他溫暖的安慰。迴盪在空氣中的，只有他一人與那袋放在機車腳踏板上的青菜、豬肉。

事情，就要從昨天開始說起……

放了一星期暑假的陳偉迅一如往常睡到中午才起床，起床後也不刷牙洗臉，拿起擺在桌上的泡麵，撕開包裝，倒入熱水壺中剩下的熱水，一邊開啓電腦，一邊等著泡麵泡軟。

糜爛的一天就此展開。通常中午醒來的陳偉迅會先吃一碗杯麵止飢，然後連上遊戲開始廝殺，一直到下午差不多四、五點，肚子裡那碗杯麵早已經消化得連渣都不剩了，被飢餓感驅使的他才會離開電腦前，騎上機車去覓食。

可是今天，陳偉迅還沒等到泡麵泡軟，桌上的手機便響了起來，螢幕的來電顯示爲「阿公」。

他帶著疑惑的心情按下通話鍵，電話中傳來的，是阿公高分貝的怒吼。

「我打了這麼多電話你都不接，是不是又在睡覺？你是豬喔？都中午了，袂餓喔？」

「阿公，有什麼事情好好說，不要這麼激動。放輕鬆、放輕鬆。」

「放輕鬆，放輕鬆等你接電話我就死了！不要說這麼多，現在快點來醫院啦！」

「醫院？發生什麼事情了？」

「你不要問這麼多啦。先到阿公家拿幾件換洗的衣服跟毛巾、牙刷那些，剩下的過來再說。」

陳偉迅還想說話，但是阿公卻沒有給他任何機會，隨著連珠炮般的話語落下，電話也跟著喀一聲掛斷了。

他錯愕地抓了抓頭，放下手中的電話，看一眼桌上那杯才剛加了熱水的泡麵，最後仍是直接下樓騎車，先去阿公家拿了衣物與毛巾，再前往醫院。

來到病房經過護理站時，剛好有兩位護理人員從裡面走出來，一面走還一面說：「剛剛那個因爲肝癌入院的伯伯，他的家人什麼時候會來？」

另一個走在她身邊的護理師回答：「伯伯已經打電話了，應該等等就會來。不過七十幾歲了，預後可能不好吧……」

陳偉迅心中猛然一震。七十幾歲剛剛打電話的伯伯？她們嘴裡說的，不會就是阿公吧？想起剛才電話中他那種反常的焦躁，難道是因爲癌症嗎？

他忍不住加快腳步，這一小段路程的距離，也變得像是台北到高雄一般遙遠。他一面想著要快點見到阿公，可是又怕萬一阿公眞的跟他說自己得了癌症，該怎麼辦？

懷著這種心情，陳偉迅來到病房門口。

他小心翼翼地探頭，向房內窺視。這是一間四人房，但是前面三個床位現在都空著，不知道是去檢查還是沒人入住，只有靠窗的床位，阿公正靠著床墊，半坐在那，一條醫院的薄被從胸前蓋到腳。

阿公一轉頭，視線立刻對上了在門口探頭探腦的陳偉迅，「你傻愣在那邊幹麼？快過來啊！」

他不安地拉拉自己的衣襬，慢慢走過去，「阿公，你還好嗎？」說實話他很想直接問阿公，究竟是爲什麼會住院，可是又沒勇氣，就怕答案是自己不想聽的。

阿公看了他一眼，皺起眉頭，「你不會看喔？好就不會在這裡了啦。你東西帶來沒有？」

「有啦，你說的衣服跟毛巾我都帶來了。」陳偉迅說著，將手中提著的袋子朝向阿公打開，讓對方檢查。

「有就好。我跟你說，這裡東西賣得特別貴，隨便買點東西一百塊就沒了。」

陳偉迅根本不關心這個問題。他仔細端詳著阿公的氣色，企圖從他臉上找出任何一點可疑的痕跡，然而看了半天，他覺得阿公不僅很有精神，甚至連氣色也好像跟平常沒什麼不一樣。

於是他決定先保守一點地問：「阿公，你這次住院大概要多久啊？」

阿公被他問得頓了頓，好一陣子才帶著疑惑開口說：「不知道耶。我有問醫生啊，不過醫生沒有跟我說到底要住多久耶。明天還是應該跟醫生問清楚……」

陳偉迅聽見答案，心中似乎更加不安了，小心翼翼地又問：「那……這個病……很嚴重嗎？」

「也不是這樣說啦。那些醫生就是比較小心，說我年紀大了，硬是要我住院，順便做個什麼詳細的檢查。」

聽到這種曖昧不清的答案，陳偉迅本來鼓起勇氣想問出口的話語瞬間縮了回去。

此時，他有種如坐針氈的感覺，就怕阿公隨時會告訴自己壞消息。

「阿公，你最近有沒有什麼煩惱的事情？」

「煩惱的事情喔……」阿公的視線隨著問題飄向窗外，「要說的話，就是我這個機車快遞的工作啦，現在我住院了，那我的客人怎麼辦？」

阿公望向窗外，正中午的太陽照在他臉上，也照亮了他那帶著一絲失落的眼神。

陳偉迅想也沒想，隨即脫口而出：「沒問題！我幫你代班！」

「是喔，你要幫我代班喔？也好啦，反正你暑假也沒事情做，做這個還可以賺一點外快。」

阿公轉向陳偉迅，看他的臉色好像不太好，還安慰道：「你不要怕啦，這工作很簡單的，就是幫人送送東西，就跟你們現在那個很流行的什麼……吳伯、吳伯……」

「Uber Eats？」

「對啦，就是這個。跟這個一樣啦，很簡單的，不要怕。」

陳偉迅哪裡是在害怕代班的問題，不過他看著阿公一臉欣喜的神色，終究還是沒說出自己心裡最想問的那個問題。

由於陳偉迅沉浸在自己的思緒中，病房內突然安靜了下來，阿公的注意力也跟著轉向那包衣物。

「等等你幫阿公扶一下。」

陳偉迅疑惑地看著他，「爲什麼要我幫忙扶？」

阿公卻沒好氣地瞪了他一眼，掀開被子。

「不然你阿公這個腿這樣，是要怎麼換內褲？」

陳偉迅看著阿公那隻打著石膏的腿，他才發現不光是那隻腿，阿公其他地方也零星地包紮著紗布。

「阿公？你這個是……怎麼弄的？」

「吼，你的頭殼怎麼傻傻。這能怎麼弄的？當然是車禍啊。」

「所以說你住院的原因是……」

「啊就醫生說我年紀大了骨頭不好，要多觀察，怕有其他後遺症。」

陳偉迅忍不住提高了音量說：「所以你是因爲骨折住院喔？」

阿公白了他一眼。

「啊不然你以爲咧？」

□

陳偉迅結束了腦內的回憶，提著那袋沉重的蔬菜，踩著樓梯，一步步爬上五樓。

他喘著氣，停在一扇咖啡色的鐵門外，那扇厚重的大門旁貼著一幅鮮紅色的春聯，春聯下方有個像是電燈開關的門鈴。

陳偉迅按下門鈴，從門內傳來一陣急促的鳥叫聲。

「門開著，自己進來啦。」一道比門鈴聲還大的吆喝聲從屋內傳來。

他隨著指令，拉開大門走進屋內。出現在他面前的是一個擦著口紅，燙了一頭鬈髮，看起來五、六十歲的大姊，正在冰箱前翻弄著什麼。

「阿弟仔，幫我拿到裡面那張桌上，坐一下，大姊倒涼的請你。」

大姊說完，側身讓出一條路給他進去。

陳偉迅依言走進屋內，將手中的菜放到桌上，立刻轉身面向門口，一副巴不得快點離開的樣子，「不用麻煩啦。這是妳託我買的菜，都在這裡妳看一下。」

他只想快點結束這趟工作，然後下班回自己房間安穩地打一場遊戲，好舒緩一下備受傷害的心情。

「我看看，三層肉、虱目魚……啊，阿弟仔你菜都沒有挑，學校沒教這個嗎？」

陳偉迅跟著看向袋子裡裝的青菜，尷尬地笑了笑，「學校不會教這個啦……」

「阿弟仔來來來，大姊教你挑。你們現在年輕人跟我們以前都不一樣了，大姊小時候就在幫忙種菜、煮飯，要是像你這樣喔，會被罵到臭頭啦。」

陳偉迅迎視大姊熱烈且親切的目光，本來想要脫口而出的拒絕卻怎麼也說不出口，只能僵硬地站在原地，聽著她的教誨。

講到一個段落，大姊看了陳偉迅一眼，臉上忽然露出一個詭異笑容，「你幾歲了？我上次看見你的時候，你還被你阿公揹著。對了，現在有沒有女朋友，要不要大姊幫你介紹？」

陳偉迅覺得自己臉上的冷汗都流下來了，他一邊擺手，一邊朝大門的方向撤退，「大姊謝謝啦，真的不用了，我出來一陣子了，要再回去排班啦，下次有機會再聊，掰掰。」

終於，趁著對方還來不及反應之時，陳偉迅快速握住了門把並且順利脫逃。

當鐵門關上的那一剎那，陳偉迅的內心再度響起那陣哭喊：「是誰說這個工作很簡單的啦！而且工作內容還包括應付大媽嗎？」

他的內心依舊悲痛，但現實並沒有留下足以讓他哀傷的時間，很快地陳偉迅口袋中的電話再度響起，這回打電話來的是一個中年男人，似乎還因為正在吃著什麼東西，口齒有些不清。

「小偉啊，你在哪裡？」

「啊？我在哪裡？」他再度環顧四周，雖然有各式各樣的地標與指示物出現在眼前，不過他最後仍是對電話說出了：「我……在北投。」

電話那頭傳來一陣嗆咳與爆笑聲，隱約還能聽到四周有其他人說話的聲音，直到這時候陳偉迅才發現，打電話來的人是車行的林大哥。

「你在搞笑喔？北投這麼大。啊算了、算了，不管你在哪，忙完了就快回來吃鹽酥雞。」

「鹽酥雞？」陳偉迅陷入了一片混亂的狀態。

「對啊，剛有客人多給小費，我想說買個鹽酥雞大家一起吃。快回來，不然等下涼掉。」

「喔……」

「先這樣啦！」

電話如同打來時一樣突兀地掛斷了。陳偉迅眞是有苦說不出，這裡的每一個人都跟他阿公差不多大，而且無論是誰，都叫自己「阿弟仔」。

不愧是阿公做的工作，這個車行的人一字排開，年齡都是他的三倍有餘，也就是說自己不僅是職場中輩分最低的菜鳥，年齡也是最小的。

而且陳偉迅發現自己上了一個大當，工作內容根本不是阿公說的這麼單純，只要幫人跑跑腿，送送東西就好。一早報到時，他就爲了應付那些車行大哥，花掉一半的精力，然後再加上自己路痴的屬性，以及過度好客的大姊，他怎麼感覺自己未來的前途不太樂觀呢？

想歸想，他還是認命地跨上機車，雖然心中有著無數的不安，仍先照著林大哥的指示，回到了機車快遞的據點。

說是據點，其實就是在路邊搭了一個棚子，再放上幾張椅子與茶几，沒出車的同事們會坐在那裡泡茶、聊天、嗑瓜子，或是做些消遣活動，就像他今天早上看見其他車隊有個看輕小說的，封面還特別羞恥，是那種巨乳羅莉。

他將車子騎到棚子旁，都還沒停好，林大哥熱情的聲音就傳來。

「小偉快來！有留你的份！」

陳偉迅臉上露出僵硬的微笑，他現在並不想吃鹽酥雞，或者是說他回來也並不是爲了吃鹽酥雞，只是因爲工作完成了，想要回來等待進一步的指示而已。

說起他第一次見到林大哥與同事們，就是一場震撼教育。

早上八點時，生活一向懶散的他頂著睡眠不足的黑眼圈出現，那時的同事還只有兩、三個，其中一個就是林大哥。

他們就像是看見魚群的鯊魚，紛紛圍了上來，用一種自己根本無法理解的語速，嘰哩呱啦地講著有關車行與這個行業應注意的事項，然後還說到了阿公平常的爲人。

雖然他們說了很多，但是陳偉迅其實一點都沒有聽進去。他在一片混亂的記憶中，只能勉強提取出三條有用的訊息：

一、阿公是個很好的機車快遞，喜歡他的客人很多，所以自己絕對不能搞砸阿公的口碑。

二、也不能搞砸車行的口碑，要有服務的熱忱。

三、除了送貨，還要代買，而且要自己先出錢。

雖然陳偉迅也不是很懂，但所謂的入境隨俗他還是理解的，秉持這三點，他做出了至今爲止最上進的發言。

「那個……林大哥，還有什麼工作要我去做的嗎？」這完全是一句違心的發言，但是第一天入職的陳偉迅覺得，自己還是有必要「假掰」一下。

誰知道林大哥聽他這樣說卻愣住了，過了好一陣子才看了看錶說：「現在沒有客人打電話進來，而且早上跟你說過了，我們這行是客人有打電話進來才有工作，你要接單的話要把寫有自己名字那塊牌子放上去排隊，排到你了才可以接單。」

陳偉迅也有些懵了，看了一眼掛在牆上的小白板，果然發現寫有阿公名字的牌子已經被放到下一排。

「早上跟你說的時候，你是不是沒睡醒？」

經林大哥重新說明過一遍，陳偉迅好像又從上午那些混亂的記憶中想起了什麼。

他有些不好意思地說：「對不起啦林大哥，我剛剛一下子忘記了。」

林大哥拍了拍他的肩膀，笑著說：「年輕人記性就這麼差不行喔。好啦，快吃，不然都涼掉了！」

顯然林大哥對鹽酥雞這件事情還是念念不忘，拉著陳偉迅坐到椅子上，扠起一塊鹽酥雞塞到他手裡。

看著林大哥這麼熱情，他也只能象徵性地吃了幾塊。環顧四周，此時的據點一反早上的狀態，椅子上一個人都沒有。

「怎麼大家都不在？」

「都出去了，剛剛是熱門時段。他們鹽酥雞都沒吃就去賺錢了。」

「喔。」他吶吶地回應。也許是因爲鹽酥雞終於有人吃了，林大哥感到十分滿意，將白板前寫著陳偉迅阿公名字的牌子拿到了上排。

「這幾天先用你阿公的牌子，之後我再做一個你專用的。」

「不用啦，我繼續用阿公的牌子就好了。」陳偉迅哪裡在乎牌子的問題，再說他本來就是來代班，也沒有長做的打算。

林大哥卻有不同的意見，「不可以。雖然說是幫你阿公代班，但其實就是你過來我們這裡上班，你是你，你阿公是你阿公，當然要給你一個專用的牌子。你來就把牌子擺上去，就可以排班了，大家都知道你是阿明的孫子，會好好照顧你啦。」

陳偉迅本來唯唯諾諾地點頭，直到聽到自己阿公被別人叫作阿明，忍不住噗哧笑了出來。

「你笑什麼？」

「沒啦，我在家裡都沒聽過有人叫阿公阿明。」

林大哥臉上閃過一抹得意的神情，「我跟你說，我跟你阿公認識的年頭，都比你的年紀還大了。」

「真的假的？」

「騙你幹麼，我跟你阿公認識的時候，你阿爸才七、八幾歲。」

林大哥像是打開了話匣子，「你不知道喔，你阿爸七、八歲的時候多可愛，我還抱過他喔，小小矮矮的，跟你長得有點像。」

陳偉迅不知道他口中那個跟自己有點像的關鍵要素究竟是小小矮矮的還是長相，他想了想，覺得以自己接近一百八的身高，應該不算矮了吧？

「我們那時就已經在跑車了，你阿公就是靠著這行養大你阿爸，還買了房子。」

林大哥繼續說著，他的眼中出現了一抹朦朧的光，就像是望著幽微且遙遠的燭火，須要微微瞇起眼來，才能夠將那幅景象收入眼中。

「以前這行很賺嗎？」陳偉迅倒是對這個說法感到陌生。尤其以他現在看到的情況看來，實在很難想像這個工作曾經可以多賺錢。

「那是當然，你知道，民國五、六十年時，北投是什麼地方嗎？」

「什麼地方？」

林大哥露出一個曖昧的笑容，「以前的北投可是人人都想來的『溫柔鄉』。」

他似乎還是不太懂對方話裡的意思，「溫柔鄉？」

林大哥對他的駑鈍顯得有些不耐煩，「啊就是……啊，像林森北路啦，有聽懂沒？」

說到關鍵字陳偉迅就懂了。在他還沒出生前，他爸就因為工作搬到高雄，只有年節才會到北投陪阿公，直到上大學後，他因為考上了北部的大學，才在學校附近找了房子。也因為生活的範圍幾乎都是兩點一線往返，所以即便住了幾年，還是對台北一無所知，對北投也並不熟悉，更不要說是這段久遠的歷史了。

乍聽林大哥這麼說，陳偉迅驚訝地張開了嘴，「北投以前是這樣的嗎？」

「哪裡還有假。你不知道以前整個台北最熱鬧的地方可以說就是北投，是整個台灣數一數二有名的觀光景點。」

「觀光景點？溫泉喔？」陳偉迅依照腦內的知識推敲，北投能當觀光景點的，恐怕也只有溫泉了吧？

不過林大哥對這個答案似乎不太滿意，「溫泉也是有啦。不過剛才跟你說了，北投以前是『溫柔鄉』，一堆有錢人來這邊找小姐。」

「北投以前有做這個喔？」

「你不知道喔！那些有錢人、高官啊，都喜歡來北投泡溫泉，順便還可以找個小姐陪泡，多享受。」

「林大哥你也找過小姐喔？」他看著林大哥眉飛色舞的表情，經對方口中轉述出來的場景，彷彿親身經歷一般。

「我沒有消費過，不過她們常常消費我啦。以前我載過很多小姐，那時候北投的生意幾乎都跟她們有關。」

「大家要來來去去，就須要我們跑車；小姐們要些斗（セット），就要去美容院跟服飾店；客人要吃好料的，飯店、會館一間間地開，每間都有自己特色的酒家菜。」

陳偉迅幾乎不敢相信林大哥口中的世界曾發生在北投，那個從小每年都會回去的阿公家。

「可是北投現在好像不是這樣了。」

「是啦。後來時代變了，這些東西就慢慢收起來了啦。」

「爲什麼？」

「政策問題啦。」林大哥說到這停了一會，以有些感觸的口吻說：「其實都是一樣啦。哪裡起來了就有哪裡落下，潮起潮落，人生就是這樣啦。」

陳偉迅似懂非懂地點頭，旁邊傳來機車的引擎聲，他回過頭去看，一輛輛機車像是預先算好一般朝這裡騎來。

林大哥站起身，露出微笑，「這麼有默契喔，一起回來耶。」

機車群中有人回應：「回來泡茶啦！」

「好啊，泡茶啊！我現在就來泡！」

人們此起彼落的交談聲很快就將兩人方才交談時的惆悵掩蓋，取而代之的是一群人聚在一起，手上端著茶，嘴裡說著一些日常瑣事。

陳偉迅雖然並不怎麼插得上話，但是看著他們蒼老的臉上因此短暫地掛上笑容，不禁令他想起了阿公。

不知道在醫院的阿公今天有沒有比較好一點？

□

他結束了一天的行程回到家，整天沒有人在家的房間內，充斥著一股冰涼的空氣，一掃以往他在家時的燥熱。

雖然剛下班回家有些累，陳偉迅依然反射性地打開電腦，忍不住想要打一局遊戲過過癮。

等待開機的同時，他撥打了阿公的電話，接通後另一端傳來充滿精神的聲音：「小偉喔？

你今天去車行怎麼樣？有沒有給人家添麻煩？」

「才沒有咧！話說你爲什麼要騙我？你們這個跟外送哪有一樣，差多了好嗎？」

「是差在哪裡？都是幫客人把東西送到他家啊？」

「哪有！一般外送才不會幫人挑菜咧，而且那些大哥大姊還一直拉我講話，哪有外送員是需要跟人家聊天的啦？你說啊！」

「那有什麼？你不懂，多跟人交流，才知道他們要什麼，這樣人家才會信任你，你們年輕人整天關在房間裡，每一個都跟烏龜一樣！」

「不是這個問題啦！」

「啊不然咧？」

「總之這跟說好的不一樣啦，明天可不可以不去了？」

「當然不可以，都已經說好了，要一直代班到我回去爲止。你不要總是想在房間裡打電動啦，要多跟人交流，不然你以後出去工作怎麼辦？」

陳偉迅下意識用左手在頭上抓了幾下，最後有些煩躁地說：「好啦好啦！我會去啦！那我先掛了喔。」

「等一下！還有一件事要你做啦！」

陳偉迅簡直不敢相信自己的耳朵，「我回家了耶！還要出去喔？是要做什麼？」

電話那頭的阿公顯得有些支吾，「之前忘記跟你說，每個星期二跟四都要幫里長去送便當。」

「送便當？送什麼便當？林大哥沒有說啊？」

「不是車行的工作，就跟你說是幫里長送了。都六點了，趕快給人家送過去啦，再晚便當店就關了。」

「是要送什麼便當？送去哪裡？送給誰啦？送給里長喔？里長是不會自己買喔？很煩耶！」陳偉迅不只一頭霧水，口氣也顯得有些差。一想到自己好不容易下班回家，剛可以好好打一場遊戲，想不到竟然還被臨時徵召。

「你不要在那邊囉唆啦！你快點去便當店買個雞腿便當，地址我等下請護士小姐幫我打簡訊傳給你，不然你路痴是記得起來喔？記得要親手交給那個伯伯，錢先不用收。」

「早知道就不幫你代班了，有夠麻煩，幾點才能下班啊？我一早就起來了，很累耶！」陳偉迅抱怨。

「不要整天抱怨啦，一點小事情而已，趕快去！」

「好啦、好啦！那你要教爸幫我加零用錢，不然我這麼辛苦。」

掛斷電話後，陳偉迅只好抓起自己隨手丟在床上的鑰匙，又不情不願地出門。

剛買好便當，他就聽見口袋的手機發出噔一聲，跳出阿公傳來的地址簡訊。陳偉迅提著那盒便當，即使路上稍微迷路了一下，但仍在七點前找到地址上的那棟房屋。

這間房屋隱身在一條小巷中，外觀有些破舊，那兒零星座落了幾間相似的平房，看起來很久以前就蓋好，被沿著街道築起的大樓檔在這一片小小的土地，只有穿越交織的巷弄才有機會看見。

陳偉迅仔細觀察著大門，發現這棟平房沒有門鈴，於是他只好一面向裡面喊，一面拍著門板，「有人在嗎？我來送便當。」

他在門前叫喊了幾分鐘，終於聽見那扇門後面傳來一聲模糊且微小的聲音。

「謝謝啊。」

門緩緩打開，探出頭的是一個蒼老的男人，他的頭髮斑白，臉上也有著零星的老人斑，扶著門板的身形有些佝僂，似乎連走路都有點吃力。

陳偉迅有些驚訝，出來應門的竟然會是這樣一個老人，與自己今天遇到那些有活力的大哥、大姊完全不同。

本來習慣了這份工作的陳偉迅不知道為什麼忽然又緊張起來，趕緊將手中拎著的便當遞過去，並說：「是我阿公教我來送便當的啦。」

他並不知道老人聽清楚了沒有，只看見那顆比自己矮一顆頭的腦袋點了點，嘴裡反覆說著：「謝謝、謝謝。」

拿走了便當，老人又用那雙枯瘦的手關上門。門板闔攏前，陳偉迅隱約看見，在一片昏暗的燈光下，老人的身影與那些堆積在走道上的雜物融合，看起來就像是驚悚電影中的幽魂。

陳偉迅再度打量一番面前這棟房子，破舊的外牆看得出來經過多次修補，再往旁邊看，卻發現這一區的幾棟平房其實已經沒人住了，一些小草小樹也因無人打理，在屋頂與院牆上蔓延生長。

他心中頓時浮現一股說不上來的怪異感，於是立刻拿出手機，撥電話給阿公。

「喂，阿公，我便當送到了。以後都要幫他送便當嗎？」

電話那頭傳來阿公關切的聲音：「便當有沒有親自交給人家？」

「有啦！出來一個年紀很大的老先生，只有他一個人住嗎？我看附近好像都沒有住人了耶？」

「對啊，就是因爲這樣才要幫他送便當啊。」

「不是，你爲什麼要接這種工作？還沒跟他收錢，你自己貼錢喔？」

「怎樣？人家一個人住有妨礙到你嗎？錢是每個月跟里長結一次啦。」

陳偉迅更是不解，「里長？爲什麼是跟里長收？」

面對陳偉迅一連串的問題，阿公開始有些不耐，「你這個小孩很囉唆耶，要你送個便當問題這麼多，又不是要你付錢，問這麼多幹麼？記得每個星期二跟四要過來送便當就好了。」

陳偉迅一聽阿公煩了，也不敢再說什麼，只好很不好地回了句：「喔，好啦。」

不知道是不是覺得自己對孫子太凶了，阿公緩和了語氣又說：「每個人有不一樣的困難啦，之後你就會知道了。」

阿公不等陳偉迅回應，直接就掛了電話。只剩下陳偉迅一人與他的機車在昏暗的小巷中，靜靜凝視著這棟房子。

一分鐘後，他嘆了口氣，騎上機車離開。離開前他想著自己回家後一定要好好打場遊戲，撫平一下今天自己受創的心靈。

□

隔天早上九點半，他又接到了之前那位大姊的電話。

電話那頭傳來大姊中氣十足的聲音，「喂，喔，是阿弟仔喔？我跟你說今天我打算滷三層肉，所以我要五花肉，還有蔥跟辣椒，順便挑三把新鮮的青菜，再幫我買一袋紅茶，我都喝市場後面那家。就這樣啦，你到了再打給我。」

她劈頭蓋臉的一陣交代後，也不等陳偉迅回應，就掛了電話。

陳偉迅放下電話還愣了三秒，直到旁邊的其他大哥碰了碰他，關心地問：「怎麼樣？是不是哪裡不懂？」

他才終於回過神來，像是找到救命稻草一樣抓著那位大哥說：「她說要滷三層肉，又說要買五花肉，是要哪個？還要一袋市場後面的紅茶，我要自己帶袋子嗎？」

旁邊幾位大哥聽到無不哈哈大笑起來，一面笑還一面此起彼落地發表想法。

「三層肉就是五花肉啦！」「你沒上過菜市場喔？」「你不知道紅茶有袋裝的喔？袋子不用自己帶啦。」

他們說完話，後面緊接著跟上一道偏冷的聲音，「問題這麼多，阿明都沒有教喔？是有要給我們學費嗎？」

這個人的臉上沒有什麼表情，身材也並不高大，但不知道為什麼他只是站在那裡，周圍的空氣就好像都被凍結了一般，本來其他人熱烈討論的氣氛也因為他的這句話，停了下來。

陳偉迅覺得這個人講話陰陽怪氣的，忍不住回應，「阿公就臨時出車禍啊，我怎麼知道這麼多？」

林大哥及時打斷兩人的對話，「阿峰你不要講這些，小偉先去跑單啦，不要讓客人等太久。你不知道怎麼買就去問攤販，他們會跟你講。」

「好……那我走了！」陳偉迅雖然對這一狀況還是不太舒服，但也顧不上太多，畢竟他還有工作在身，當下就發動機車，直奔北投市場。

來到市場，陳偉迅最先見到的還是一片黑壓壓的人群，然而真正令他困擾的卻不只是人群，還有那佔地面積寬廣，幾乎有數百攤的商販。

這雖然不是陳偉迅第一次上菜市場，但他仍然很困擾。光是要在這些攤販中找出自己要買的東西，就要花費不少力氣與體力。買完東西後又要拿著那些東西穿越人群，並在有限的時間內將東西安全地送到客人手中，怎麼想對陳偉迅來說都是一個大挑戰。不過現在已經由不得他遲疑了，他只能當機立斷地停好機車，進入市場人海中。

今天的陽光特別強，平常根本不運動的陳偉迅還沒找到電話中大姊所說的食材，就先流了一身汗。

偏偏這些攤販都像是故意跟他作對一樣，他一路走，路上不是賣水果熟食，就是賣衣服和一些生活五金，怎麼都找不到肉攤。

他頂著陽光深入敵營，終於好不容易在市場轉角處看見了一家肉攤，攤位上掛著一塊塊又肥又厚的豬肉。

「老闆，我要買五花肉！要滷肉用的！」他一馬當先衝上前，氣勢驚人，嚇了老闆一跳。

「你要買多少？」

這一問陳偉迅就愣住了。對啊，大姊是要買多少？她有說嗎？他腦海中瞬間閃過無數念頭，最後還是那句話浮現了出來：「你不知道怎麼買就去問攤販，他們會跟你講。」

於是他一臉誠懇地看著老闆，「那個，滷一鍋肉，通常要買多少？」

老闆看著他的眼神有些不對了，那是混合了尷尬與好笑的目光，「帥哥，我怎麼知道你家鍋子多大？」

陳偉迅當然也不知道大姊家裡的鍋子到底有多大，不過他仍是硬著頭皮問：「那不然其他客人通常都買多少？」

老闆臉上的表情還是十分微妙，「不一定啊，半斤、一斤都有人買。你要是不知道要不要回去問問再來？」

「沒關係大哥你就照經驗幫我切，我相信你！」

從尷尬變成了困擾，「你確定嗎？」

「確定！」

「那不然切一斤給你好了？多的你可以放冷凍庫，我再多包一小塊豬油送你。」說著老闆拿起一塊掛著的豬肉下刀，放上電子秤，然後包好，所有動作一氣呵成。

陳偉迅毫不遲疑地付了錢，提著豬肉，繼續往尋找菜攤的路上前進。

比起肉攤，菜攤可就多得多了，他沒走兩步，就發現了路邊一位阿婆蹲在路旁賣菜，這回吸取了上次大姊嫌棄自己不會挑菜的經驗，他胸有成足走上前說：「大姊，妳可以幫我選三種漂亮的菜嗎？」

阿婆起先有些疑惑地看著他，但也許是這樣的客人多了，也見怪不怪。她站起身，伸手在攤子上抓了三把菜，一面抓還一面問：「這我自己種的，很新鮮。幫你拿青江菜、菠菜、空心菜好不好？」

陳偉迅不假思索地點頭，與剛才一樣，接過阿婆遞來的菜就走。如今客人的交代他已經完成兩樣，只剩下最後一項，就是市場裡的紅茶！

他四處張望了一下環境，周圍不是賣菜就是賣一些家用五金的攤販。他將市場從頭走到尾，又從尾走到頭，雖然中間的確曾出現過飲料店，但與大姊口中所描述的「市場後面」的紅茶店，好像又不太一樣。

就在他快崩潰之際，他忽然發覺，這附近的攤販身邊都擺著一杯飲料，從杯子的包裝能看出所有人的飲料應該都是在同一家買的，並且不是自己剛剛找到的那一家。

他當機立斷隨便抓了一位小販，劈頭就問：「大哥，你這個飲料是在哪買的？」

對方被他的氣勢嚇了一跳，想也不想就回答：「就是市場那棟旁邊的巷子走到底，有扇後門，樓梯上去那間，很多人排隊的那家就是了。」

「謝謝！」

得到了答案，他立刻朝著確定的方向尋找，最後終於在靠近路口處，找到了攤販大哥敘述的攤子，攤位前確實有許多人排隊。

就是這家了！依照陳偉迅多年的經驗，只要有人排隊的店家通常都不會太難吃，最重要的是：這家店眞的有賣袋裝茶。

就這樣，陳偉迅提著青菜、豬肉，以及排隊買到的那一大袋紅茶，騎上機車，並用最快的速度趕往大姊的住處。

與先前一樣，大姊一開門，看見爬樓梯上來，氣喘吁吁的陳偉迅，第一句話就是：「今天很熱喔？阿弟仔先把紅茶給我，坐一下，我倒一些給你喝。」

有了第一次的經驗，陳偉迅已經完全了解在這個環節掙扎是沒有用的，於是他很乾脆地跟隨大姊的腳步進屋，並順道帶上了門。

「今天比較慢耶，路上塞車喔？」大姊接過青菜，將它放到桌上，又回頭打開冰箱，將紅茶分裝到杯子裡，向站在那的陳偉迅說：「坐啊！幹嘛站著。」

陳偉迅接到指令，連忙在沙發上坐下，並說：「呃……對啊。還有今天市場比較多人啦！」

他當然不會說是因爲自己在菜市場找豬肉跟紅茶攤花了太多時間，加上在認路方面又花了一點工夫。

大姊將紅茶遞給他，「這樣喔，辛苦你啦！喝點涼的休息一下，我先去把肉放到冰箱。」

「謝謝！」陳偉迅立刻拿起杯子喝了一口。大姊的家裡沒有開冷氣，只有一台看起來年代已久的電扇，直直對著沙發的方向吹。

大姊翻看著放在桌上的菜葉，一面看一面說：「不錯喔。這次青菜挑得很好，這麼快就學會怎麼挑菜啦！」

然而看到豬肉時，她的臉色就不太對了，「你這個豬肉是在哪一家買的呀？」

陳偉迅一臉茫然，「就在市場進去，轉角那家，怎麼了嗎？」

大姊搖頭，「我都是跟市場二樓的攤位買的，那裡有一家的老闆跟我很熟，我都習慣買他們的肉啦。」她說著將放在袋子裡的肉翻看了一陣，又問：「你這個肉買了多少斤？」

「老闆說切一斤。」

大姊又說：「一斤太多了啦。我平常都是買半斤啦。不過沒關係，肉可以冰著慢慢吃。」

陳偉迅懵懂地點頭，「不好意思喔，我不知道……」

大姊將肉放進冷藏庫，「沒事啦。這都是我跟你阿公的默契啦，忘記了你剛來上班不知道。」

陳偉迅這時心裡有些後悔，早知道那時候就聽老闆的話打通電話問她，也不至於買多。想到自己連續兩次幫這位大姊服務，但結果好像都不是十分圓滿，他也不禁覺得有些尷尬。

「不然我不收妳費用……」

大姊轉過身來，從旁邊的櫃子中拿出錢包，將錢塞到陳偉迅手中，「不行啦，哪可以這樣。大姊怎麼可以不給你工資？」

陳偉迅手裡握著鈔票，卻不知怎地竟然覺得有些燙人，正想繼續與大姊推託一下，大姊卻說話了。

「不要跟我客氣啦！我跟阿明很熟，幾十年的老朋友了，照顧一下他孫子也是應該的。」

陳偉迅確實想過這位大姊可能跟阿公很熟，卻沒想到一下就是十年起跳的交情，驚得他下意識脫口而出，「妳跟我阿公認識這麼久喔？」

「對啊。我還在會館當『女中』的時候就認識你阿公了。那時候常常坐你阿公的車回家。」大姊說著，臉上浮現出一抹得意的神色，不知道是因爲陳偉迅臉上驚訝的神情，還是回憶起自己年輕時風光的日子。

「那時候北投比現在還熱鬧，在這邊工作的人，每個荷包都賺得滿滿的。」

陳偉迅疑惑地盯著她，「大姊，妳剛剛說那個『女中』是什麼啊？」

「女中喔……是溫泉會館女服務生的稱呼啦。那時候北投開了很多溫泉會館，幾乎每個來北投的人都會去泡溫泉。」

「這個我聽林大哥說過，他說以前這裡很多人來玩。」陳偉迅試圖跟上大姊腦中那幅畫面，讓自己也能夠看見她話中所說，那個賺錢的北投。

「對啊，你不要看你阿公現在這樣，以前做機車快遞也很賺喔。你知道的，因爲山路很多，遊客懶得走路或需要導遊就會叫車。還有我們這些在地人，如果臨時要什麼東西，也常常拜託他們去買。」

「哇！機車快遞以前生意這麼好喔？」陳偉迅有些驚訝地問。

「對啊！以前會騎機車的人不多，你阿公還算是很鑠奅（瞎趴）的人耶。」

「是喔？林大哥這間車行也這麼老了喔？」

「沒有啦。那時候是另外一家車行啦，後來不做了，你們車行老闆跟一些車手才獨立出來自己做。」

陳偉迅喔了一聲，喝乾了手中那杯冰紅茶，算是回應。

大姊於是又繼續說了下去：「以前北投溫泉旅館不僅有很多外國人來觀光，連電影也時常跑來取景，這附近還蓋一間製片廠，林青霞跟很多大明星都有來拍過。」

「喔……」他再度似懂非懂地點頭，「那後來呢？」

「後來喔……」大姊本來眉飛色舞的表情在此刻黯淡，繼而換上了一種彷彿無奈卻又懷念的神情。

「有很多事情發生，講不完啦。總之因爲政府廢娼，會館逐漸都倒掉了。」

這部分經林大哥先前的講解，陳偉迅其實已稍微了解，只是他不是很明白，北投沒落的過程，究竟應該怎麼拼湊。

「廢娼這麼嚴重嗎？」

「雖然叫作溫泉會館，但是很多客人一進來，溫泉都還沒有泡，就先拜託我們叫小姐。」

「這感覺比較像是色情場所耶，可以這樣喔？」

「以前有很多店家就是專門在做這種生意的，合法的、不合法的都有，只要旅館一通電話，專門接送小姐的車行就會將人載到指定的地點。」

陳偉迅插話：「所以有很多機車快遞都是載小姐的喔？」

大姊看了他一眼，「要打點好、跟會館有特別關係的才有，其他都是載載遊客，或者是下班的那卡西、女中，還有幫人跑腿送貨。」

「可是廢娼之後，這些客人不來了，會館也一家家地倒，我在的那家也是……」

「那妳怎麼辦？」陳偉迅聽到這裡，不知爲什麼竟然覺得有些緊張，彷彿自己正身臨其境一樣。

「後來就去做其他工作啊，幫人打掃、代工、擺地攤……我都做過。」

陳偉迅像是鬆了一口氣說：「那還好。」

「好什麼？一點都不好。」大姊的眼神又開始飄忽起來，彷彿穿越了時空，看見了過往。

「工作很辛苦，也領不到多少錢，要接濟娘家，還要養孩子……總之很辛苦啦，還好都過去了。」

陳偉迅點頭，又問：「那妳小孩呢？也住北投嗎？」

大姊笑了笑，彷彿有些說不清的東西隱藏在她嘴角的細紋下。

「沒有啦。他移居國外了，很爭氣，事業做得很大。」

「只有妳一個人住在這邊喔？那不是很孤單？」

大姊臉上仍掛著微笑，視線直視前方，彷彿是對著那裡的誰講話，又像是說給自己聽，「不會啦，一個人住也很好啊，很清靜。知道他過得好就好了。」

陳偉迅看著大姊，不知道該不該搭話。

反倒是大姊說完了自己的故事，轉頭教訓似地對他說：「你要趁著年輕多努力，不要總是偷懶。」

這席話簡直就是一語中的，完全刺中了陳偉迅平常懶散的生活，還有遇到事情能拖就拖的個性，讓他一句話都答不上來，只能尷尬地笑了幾聲作爲回應。

大姊看他這個樣子，當然知道是自己說中了，一點也不驚訝地繼續說：「你喔，眞的是要加油啦，不然你阿公怎麼放心？」

陳偉迅覺得有些奇怪，他似乎從這句話中聽出了什麼不對的地方，難道阿公已經將對自己的不放心昭告天下了嗎？他正想開口，大姊卻又開口說。

「對了，你到底是有沒有女朋友啊？」

這個問題簡直就是陳偉迅的死穴，眼看著周圍的同學們一個個都出雙入對了，只有自己還是一隻單身狗，每天窩在家裡打遊戲，這可是他心中最深處的痛啊！

「呃……是還沒有啦。」

大姊一聽這話，兩眼立刻閃耀出光芒，「是喔？要不要我幫你介紹？大姊這邊有認識很多可愛的女孩子喔。」

他連連搖手，「不用啦。」

雖然說自己的確有點羨慕同學們都有女友，但想到要去相親，或者是請人介紹女孩子，他還是會有些害羞。

不過大姊當然不了解年輕人這種青澀的想法，仍繼續鼓吹著：「爲什麼不要？試試看嘛，先跟人家見個面聊聊天，就有女朋友啦，之後結婚大姊給你包個大紅包。」

陳偉迅心中生起一股不安，雖然不知道具體在不安些什麼，不過他還是決定先逃跑再說。

「那、那個，我還是先回去上班好了……」

說著他用跑百米的速度，迅速且流暢地在大姊還來不及阻止時，衝出了大門。

「少年仔，等等啊！我還沒有說完呢！」

「大姊再見！」

但是大姊已經被他遠遠地拋在身後了，甚至因爲他走得太匆忙，都來不及關上那扇門。

從樓梯間還隱約傳來陳偉迅的回音，忽遠忽近地飄進她耳朵裡。

□

陳偉迅回到車行，機車都還沒停好，林大哥就坐在椅子上向他招手，「怎麼樣？還順利嗎？阿娟要的東西有沒有都買到？」

陳偉迅停好機車，才坐到大哥身邊說：「有啦。雖然有點小瑕疵，不過大姊沒有說什麼啦。」

林大哥聽了點點頭，「你新來的，很多事情都不知道，阿娟是我們車行的熟客了，她其實不挑剔啦。」

陳偉迅斜睨了他一眼，「她哪有不挑剔，我買的東西她都不喜歡。」

林大哥笑了笑，「那是你不了解她啦，她除了嘴上挑剔你買的菜，有扣你錢嗎？」

「那倒是沒有。」他搔搔頭。

「對啊，她就是說說而已啦。其實你買什麼東西過去，她都可以，她只是想找個人聊聊天啦。」

陳偉迅有些不解地看著他，「爲什麼？」

「她的孩子大啦，不住在台灣，只有過年才會回來。平常她也沒什麼事情，就只能找我們這些老朋友聊聊天，順便照顧一下生意。」

「這麼說她很寂寞囉……」

林大哥嘆了口氣說：「她比較歹命啦，好不容易把小孩拉拔長大，可以享福了，結果孩子不在身邊。雖然說看孩子發展得好，做父母的也開心啦，但就是這個心裡喔，會有那麼一點酸酸的，就是你說的，寂寞、想要人陪……多看看我們這些認識的熟人，也比較不會悶。」

陳偉迅頓了頓，「大姊好像跟我阿公很熟？我阿公在這一行很有名嗎？」

林大哥呵呵一笑，「也不是說有名啦。我們做這一行很久，從我認識他到現在，雖然中間斷掉幾年，但少說也做了四十多年啦。你想，這四十多年來認識他的客人會有多少？」

「那林大哥你認識的朋友也很多囉？」

「是啦。不過我最近身體不好，跑車的次數也少了。你沒看每次你回來都看到我坐在這裡泡茶休息？其他人也是啦，有些人年紀大了，孩子長大了，漸漸地跑得少了……只有你阿公還是跟以前一樣，把這當作一份重要的工作在做。」

「是嗎？」陳偉迅試著去想像阿公努力工作的樣子，卻發現自己根本從未看過阿公來這裡上班的模樣。也許他雖然與阿公親近，但從未眞正關心過對方平常的生活。

自從阿嬤死後，阿公一個人都是怎麼過的呢？以前阿嬤還在時，他們又是怎麼生活的呢？陳偉迅忽然有些責怪起自己長久以來對阿公的不關心。

「對啦。你阿公眞的很認眞。就像阿娟有一次半夜一個人生病在家，你阿公專門載她去看急診，等她看完了再載她回家。」林大哥稍歇口氣，喝口茶才繼續說：「有時候人與人就是一種互相幫助，跑了這麼久，這些客人就像是老朋友一樣。」

陳偉迅點頭，似乎有些明白爲什麼那位大姊每次都要教自己進去她家坐坐，並且總是好像跟自己很熟識一樣。

陳偉迅覺得自己似乎有那麼一點更靠近阿公了。在與阿公同樣的環境工作，接觸著對方每天會接觸的人，那些人會向自己透露一些他不知道的事情，而那些事情正是阿公所經歷過，或者是從來沒有在自己面前表現過的另一面。

陳偉迅模仿林大哥的動作，從桌上那個老舊的陶壺中倒出一杯茶，淡褐色的液體盛入小陶杯裡，上頭還漂浮著一些茶葉的碎末。

他盯著那淡褐色的液體半晌，仰頭將它一飲而盡，茶的味道帶著一點苦，吞下後唇齒間繚繞著清香的氣息。雖然不難喝，卻不是他喜歡的味道。

就像是這份工作，雖然能夠理解，可終究不是他喜歡的。

/ 第二章

「如果要讓你用一種顏色形容這個世界，你會用什麼顏色？」

陳偉迅無聊地看著社交平台上朋友們一則則的發文。

雖然他是一個只打遊戲的宅男，但不知道爲什麼好友裡卻有幾位愛發動態的文青。不管發生什麼，他們都會將那些事情配上優美的文字以及曖昧的語氣，總結成一句話或者一段話加上照片，幾乎是全年無休地塞滿陳偉迅的版面。

就如同現在這個等待客戶出現的空檔，他無聊地滑著手機，立刻看見自己某位文青朋友放上了一張天空的照片，並且配上這麼一句詩意的對白。

不僅令人完全搞不懂對方究竟想要表達什麼，甚至還無形中損失了他三十秒的時間來閱讀這一句話。對於這則動態，他可以說是毫無感想，甚至有想取消追蹤對方的衝動。

就在陳偉迅愼重考慮著自己究竟該不該取消追蹤這位朋友時，捷運站出口處慢慢走出一個人影。

這人穿著白色上衣、黑色褲子，臉上掛著一副墨鏡，年紀大約四、五十歲，停在捷運站出口的樓梯前，神色有些焦急，似乎正等待著誰。

陳偉迅的車停在離捷運站有幾步距離的地方，從他的角度只能看見這位先生的側臉，還有對方站立在樓梯前，始終沒有移動半分的站姿。

他有些懷疑這個人也許是自己的客人，卻終究沒有走上前去，而是選擇了等待。就這樣等了約三分鐘，他看著那位先生拿起手機，撥通電話。這個動作，讓陳偉迅看見那隻一直被擋住的右手，手腕上套著一根白色杖身，尾部鮮紅的手杖。

約過幾秒後，男人放下手機，隨即陳偉迅的電話響起。

「喂？你在哪？客人已經到北投捷運站了！」電話那頭傳來林大哥聽來有些嚴厲的聲音。

陳偉迅這下總算確定了，站在那邊跟自己僵持了三分鐘的男人，原來眞的是自己此次的客人。難怪他剛才就覺得奇怪，本來以爲自己停在這麼顯目的地方，客人應該會看見自己，主動過來才對，誰曉得這次的客人竟然是一名盲人！

「我看到他了！我馬上去！」

陳偉迅趕緊掛了電話，走上樓梯去攙扶站在那裡的男人，「大哥不好意思，我剛剛其實一直在旁邊，沒有想到叫車的是你。」

兩人肢體相觸，男人的神色貌似和緩了些，他提起手中那根白杖，輕輕點著面前的階梯。

「沒關係。你聽起來很年輕，怎麼會加入車行？」他問。

陳偉迅有些不好意思地點頭，然後才想起對方是盲人，看不見自己的動作，改而開口說：「我是幫阿公代班的。我阿公他騎車出了車禍，沒辦法來上班。」

那人側著頭，十分專注地聽著他說話的聲音，「難怪，車行的都認識我，所以沒有特別說我眼睛看不到。對了，你阿公是誰？怎麼稱呼你？」

「我阿公叫陳志明，你叫我小偉就好了。你認識他嗎？」也許是經過這幾天的磨練，加上受那位熱情大姊的聊天特訓，陳偉迅也開始變得比較健談。

男人一聽見這個名字，立刻點頭說：「喔喔，你是阿明的孫子啊！」

陳偉迅一聽就知道，這又是一位跟自己阿公很熟的老客戶。

「你也認識我阿公喔？你都叫我們車行的車嗎？」

「是啊，我只要在北投，一定都是叫你們車行的車，你們比較細心。」

陳偉迅都不知道原來阿公還有盲人客戶，一直盤旋在心底的疑惑，也在這時候冒了出來，「大哥，我看你眼睛不太好，坐機車應該也不方便吧？爲什麼不叫計程車？」

兩人一邊說話一邊前行，不知不覺來到陳偉迅停放在捷運出口旁的機車。他先是將安全帽遞給男人，然後自己跨上機車，再讓對方扶著他的肩膀，慢慢坐上後座。

男人手裡握著白杖，一隻手抓著機車尾端的手把，緩緩開口：「習慣了，而且有些人知道我看不到，總是想欺負我，還是找熟人好。」

陳偉迅確定他已經坐穩抓牢，才發動引擎，用比平常更慢的速度騎上了馬路。

「欺負你？怎麼會？」

「怎麼不會？他們欺負我看不到，故意少找錢、繞路、載不對地方，說都說不完……」男人忿忿不平地說著。

「竟然有這種事情？」

身後載著的男人語氣感慨地說：「你還年輕不知道，這個世界很險惡的。」

陳偉迅大學都還沒有畢業，的確不知道大哥口中的「世界險惡」究竟是什麼意思，也只能配合地哼了一聲當作同意。

兩人短暫的交談暫停，摩托車拐過一個大彎後，停在一棟公寓前。

陳偉迅出聲提醒，「到了。」

車上的男人聽他這麼說，慢慢跨下機車，從口袋中摸出零錢，「謝謝喔。我叫志輝啦，車行的人都叫我阿輝啦。等等還要麻煩你。」

陳偉迅收下零錢愣了愣，隨即反應過來對方說的是一會回程的事，「好喔輝哥，你什麼時候要離開，我過來這邊等你。」

「好啊，麻煩你打電話給我，我把你加到電話簿。」阿輝掏出手機，將顯示著電話號碼的螢幕對著他。

陳偉迅依言拿出手機，撥通號碼，直到聽見對方的手機發出驚雷一樣的巨響後，才趕緊掛斷電話。

輝哥的手機鈴聲真不是一般人可以忍受的，除了喇叭開到最大聲外，還有快節奏的音樂……陳偉迅敢肯定，如果這支手機在路上響起，絕對可以吸引到所有人的目光。

他的電話才掛斷，就見到輝哥將耳朵貼在手機上，並且對著手機說了幾句話，像是在將他的手機號碼輸入電話簿裡。

「好，我已經輸入了，你確認下。」阿輝說完，將螢幕面向陳偉迅，讓他檢查。

「對，就是這個手機號碼。」

確認電話無誤後，阿輝收起手機，臉上浮現出笑容，沒有拿白杖的那隻手拍了拍他的肩膀，「小偉，你跟你阿公一樣都是好人。我去幫客戶按摩，大概一小時後就出來了。」

陳偉迅有些不好意思地搔搔頭，「沒有啦，這是我應該做的啦。那我一個小時之後再過來載你。」說著，發動機車，準備調頭回去。

阿輝聽見引擎發動的聲響，衝著他揮揮手，大聲說：「謝謝喔！」

接著在陳偉迅呼嘯的引擎聲中轉身，兩人分道揚鑣。

陳偉迅騎著機車行進在折返的路上，不過車還沒到達車行，就先在路邊看見那位總是請自己進屋喝茶的大姊。與前幾次見到時不同，大姊這回穿著高檔的衣物，頭髮也梳理得比較整齊。她一個人緩緩地沿著馬路往前走，那模樣看起來像是走了許久，臉上的妝容都因爲炎熱的天氣而有些暈開。

陳偉迅覺得有些奇怪，於是騎到她身邊喊：「大姊，需要幫忙嗎？」

對方原本一直低著頭走路，聽見身邊有人喊她，頓時抬起頭來。眼角暈開的眼線在近距離下顯得更爲明顯。

「阿弟仔是你啊！正好，我本來想走到車行叫車的，你順便載我回家吧。」

「可以啊，那妳先坐上來。」陳偉迅原本打算回車行休息到與阿輝約好的時間爲止，不過既然有人需要幫忙，他當然不會拒絕。

大姊坐上後座戴好安全帽後拍拍他，示意他可以走了。

他卻忍不住問：「大姊，妳為什麼會一個人走在路上？怎麼不打電話叫車？」

她似乎有些尷尬地笑了一聲，但被摩托車的引擎聲掩蓋，顯得不甚清晰。隔了約一、二十秒，才聽見她顯得比平常略小的聲音傳來。

「我的手機摔壞了，打不了電話，想說正好離車行也不遠，乾脆走過去就好。」

「這麼衰喔？沒有手機真的很不方便，我一天沒有手機就要瘋了。」陳偉迅對於她的狀況十分同情並且感同身受，一時間連說話都有些肆無忌憚起來。

機車遇到紅燈停下來時，陳偉迅清楚地聽見後方的人因為自己這番發言，傳來十分明顯的笑聲。

「我看你們年輕人整天都在滑手機，一秒也捨不得放下來的樣子，是在玩遊戲喔？」

陳偉迅這時候也覺得自己剛才說得好像有點誇張了，免不了又要被長輩說玩物喪志，連忙解釋：「沒有啦。有些人是玩遊戲，我是用來聽音樂跟看地圖的。」

「這樣喔。」大姊似乎正在思考著他話語中的可信度，「但我看他們連講話也在玩耶。」

陳偉迅完全明白大姊所說的狀況，他自己也是這樣，還尤其常發生在跟阿公講話的時候。

他不明白爲什麼長輩總是喜歡重複已經說過的話，並且將上次重複過的內容說得又臭又長，不斷增殖，彷彿循環播放一樣，令人根本找不到重點與頭尾。

每當這時候，陳偉迅就會拿起手機，有時是滑滑朋友們新發布的動態，有時是開個養成遊戲花一下體力。既能培養出強力的角色，也沒什麼限時的任務須要整天盯著手機，可以有效利用閒暇的時間，這就是爲什麼陳偉迅格外喜歡養成遊戲的原因。

但這些理由，他當然不能跟面前這位年齡看來與阿公可能只差幾歲的大姊說。所以他極力爲自己澄清，「那是個人行爲啦。有些人比較沉迷遊戲，我就不會這樣。」

身後的大姊喔了一聲，其實陳偉迅並沒有聽得特別清楚，他總覺得那一聲回應像是嘆息，或像吹過耳邊的風聲。

即使陳偉迅沒有看見她的表情，卻能夠感覺出此時她的情緒有些低落，雖然不明白爲什麼會這樣，可他還是試圖挽回這有些低落的談話氣氛。

終於在機車拐過一個路口後，他想到了新的話題。

「大姊，妳的手機爲什麼會壞掉啊？」

大姊沉默了一會兒，像是猶豫著該不該將這件事情告訴陳偉迅，抑或該怎麼向他人訴說這個故事。這時候又正好車停下來等紅燈，更加助長了這尷尬的氛圍。

不知道是不是心理作用，等不到回答的陳偉迅覺得，這個路口的紅燈似乎特別久，任憑他的雙眼直盯著前方的交通號誌，它也絲毫沒有要變化的跡象。

終於，陳偉迅再次受不了沉默的尷尬，又說：「大姊，我神經比較大條啦，如果說錯了話讓妳不開心，我道歉。」

也許是這句話提醒了大姊沉默帶來的誤會，也或許是陳偉迅誠懇的語氣打動了她，她再度開口：「阿弟仔啊，我不是跟你說過我以前做過女中嗎？」

陳偉迅有些迷惑了，怎麼自己提出的問題沒有得到解答，大姊反而開始說起了另一件不相干的事情？不過他還是回答：「對啊。」

「其實，我後來還去唱過那卡西。」

陳偉迅依然不太明白，「喔，怎麼了嗎？」

大姊擦著口紅的嘴角微勾，似乎是覺得對話有些有趣，「你知道那卡西嗎？」

號誌燈變換，陳偉迅一催油門，車子穩穩地滑出路口，「那卡西？我好像聽過……那是在做什麼的？」

「就是在唱歌的啦。以前北投的溫泉旅店，有很多客人喜歡找樂手或小姐彈唱。」

陳偉迅當然不明白大姊後面那句話的意思，不過光是聽見「唱歌」這兩個字，就足夠令他理解這個職業大概的樣貌了。

「哇！想不到大姊妳年輕的時候這麼厲害！是歌手嗎？會上電視嗎？」

大姊笑了笑，「不是你想的那種歌手啦，年輕的時候我與樂師組團，專門跑溫泉旅館，現場點唱給客人們聽。」

「這樣喔。那妳要會很多首歌耶！」

「是啊，那時我會唱將近一千首，而且很多都是日文歌。但現在好多都忘了。」

「大姊妳是對唱歌有興趣，才去做那個……那卡西嗎？」陳偉迅還有些不習慣這個新聽到的名詞。

大姊看著前方，長長的道路兩旁林立著嶄新的招牌與建築，在記憶中那個溫泉會所林立的年代，夜半時分歸家的路上，這些東西都是沒有的。

她覺得這條長長的路就像是自己的人生，路上風景隨著時間不斷變換，無法停下。

「我去唱那卡西是因爲丈夫投資舶來品失敗欠錢，那時聽其他人說做這個賺錢快，加上自己喜歡唱歌，學歌也快，就找幾個認識的一起，這樣懵懵懂懂一做下去好幾年。」

陳偉迅還是沒聽出什麼問題，接著說：「那很好啊，有一個能發揮專長的工作很棒耶！」

大姊露出一抹苦笑，「那時唱那卡西的女人，十個有九個都被丈夫嫌棄，他們說，就算賺得多又怎樣？女人三更半夜不回家，給男人唱歌，像什麼樣？掉面子。」

「怎麼會？要是我老婆賺得多，就讓她養我啊，我高興都來不及了！」

「那是你們現在這樣說，以前的男人都很要面子。我們做這行，雖然自己知道清清白白的，可總是拋頭露面的工作，附近街坊往往風言風語。久了，我老公也很不滿我這份工作。」

陳偉迅換上了惋惜的口吻，「那怎麼辦？後來有跟老公和好嗎？」不過他其實還是不太明白大姊老公的芥蒂是什麼。

「我們後來離婚了。這種污點是一輩子的，即使辭掉了工作在家，他還是當妳是一個有污點的人。」

陳偉迅一時之間也不知道該跟她說些什麼才好，他雖然感覺到對方今天心情似乎不是很好，卻沒有心理準備話題會突然變得這麼沉重。

「大姊妳不要難過啦，跟妳離婚是妳老公的損失耶，妳這麼會賺錢。」

「都已經過去了，後來爲了還債，我還是一直唱那卡西，好不容易還完，沒幾年後北投卻沒落了……」

陳偉迅聽到這裡，忽然想起了上次她說的話，問道：「所以大姊，妳老公都沒幫妳養小孩喔？都妳一個人養喔？」

大姊深吸了口氣，此時機車正好一個轉彎，駛進了她家附近的道路。

「離婚的時候我兒子判給了前夫，但是那時候他還有債務沒還清，所以養兒子的錢跟還債的錢還是我幫忙出的。」

陳偉迅不平地說：「蛤？妳老公也太爛了吧！好事都被他佔走了。」

大姊搖頭，「爲了孩子，又能怎麼樣呢？」

「那後來呢？」

「他還清債務後，就跟我斷絕往來，孩子也被他帶回老家了。」

「哇！渣男耶！」陳偉迅簡直不敢相信這世界上竟然有這麼誇張的人。

「後來我去他老家大鬧，他才同意讓我每個月見孩子一面。」

陳偉迅心中醞釀了很多罵人的話，不過想想那畢竟是大姊以前的老公，躊躇了片刻終究沒將那些話說出口，只回應：「還好妳的孩子事業有成出國了，對妳也很好，不然這種老公眞的……」

這段話出乎意料地讓大姊的臉色一瞬間黯淡下來，他透過眼角餘光瞄了後照鏡一眼，竟然目睹了那神色轉換的一瞬間。

他正想著自己究竟又講錯了什麼話時，就聽見大姊有些落寞的聲音傳來。

「其實他還在台灣，可他不願意跟我來往。」

「爲什麼？」陳偉迅又疑惑了。

但是大姊卻沒有繼續回答他，只是沉默地看著路邊飛逝而過的樹影，似乎墜入了自己的思緒之中，無心再與他說話。

這下陳偉迅神經再大條也多少嗅出了這背後不尋常的味道，以及大姊內心有多在意此事。就在他完全不知道該怎麼接話時，機車停在那棟熟悉的紅色建築門口。

「到了。」陳偉迅總算找到一句可以打破沉默的話。

「謝謝你阿弟仔，有空再上來坐。」大姊也終於從自己的思緒中抽離，跨下機車，將安全帽與車費遞給他。

他只能尷尬地笑了笑，禮貌性地回覆：「好啊。」

直到大姊的身影消失在鐵門後，陳偉迅重新發動機車準備調頭離開前，他忽然靈光一閃……

「莫非大姊就是因爲跟前夫或是兒子吵架心情不好，才把手機摔壞了？」

他喃喃自語著，不過此時當事人早已離開，沒有人可以解答他的疑問。

□

送完大姊，陳偉迅騎回與輝哥相約的那棟透天厝門口。

他看了看手機螢幕顯示的時間，距離約定時刻還有五分鐘，趁著這時候他決定再來滑一下手機，看看那些自從放暑假後就再也沒見面的同學們都在做些什麼。

陳偉迅正專注地看著螢幕，手機冷不防震動起來，跳出了阿公來電的畫面。

電話才接起來，就聽見阿公聲如洪鐘的嗓音：「啊你有沒有乖乖去車行？」

「有啦！我最近天天都八點起來，就爲了幫你代班耶！」

「好好做，我跟老闆說了好久才讓你進去的。」阿公的語氣緩和了一些，像是感到有點欣慰。

陳偉迅內心吐槽著：我又沒有拜託你這樣做。不過他還是很乖巧地回了句，「好啦。那你的腳有沒有好一點？醫生怎麼說？」

「醫生說我要打一個月的石膏，所以你要好好幫我代班。」

陳偉迅本來想著阿公的腳能早點好起來，自己就可以脫離早起的日子了，可現實卻異常殘忍，想不到這次車禍竟然這麼嚴重，要打上一個月的石膏，也意味著自己還要再過一個月這樣的生活。

想到這，陳偉迅不禁垮下臉，連回應的動力都沒有，就在這時，面前這棟透天厝的鐵門打開了，阿輝正揮動著那柄白杖，緩緩從屋內走出來。

他趕緊說了句：「阿公，客人來了啦，我掛了喔，掰。」

「輝哥！」他喊了一聲，隨即將手機放入口袋，快步上前攙扶他。

手接觸到對方身體的那一剎那，他能感覺到那具身體細微地震了一下，似乎對突如其來的觸碰有些訝異，不過很快又放鬆下來。

「你已經到了啊，不好意思我是不是出來得有點晚？這個客人的背比較不舒服，我就幫他加強了一下。」

「沒有晚啦，是我早到。」其實陳偉迅也不確定是否超過了他們約定的時間，手機就像是一個時光屋，只要一開始滑手機，時間就彷彿失去了意義。

陳偉迅偶爾也覺得自己這樣浪費時間眞的很罪惡，可是他就是無法抗拒想滑手機的習慣。

「我把車調一下頭。」

將人扶到一旁，陳偉迅牽起龍頭，將機車調換方向，才扭過頭，拍了拍自己後座的位置說：「可以了，小心喔。」

他十分擔心輝哥抓不準距離撞到或是跌倒，不過他擔心的事情都沒有發生，輝哥很熟練地跨上了後座，一如先前那熟練戴安全帽的動作。

陳偉迅這時想起了他之前說常坐阿公的車，不禁爲自己的大驚小怪失笑。

「等一下我是直接送你回家，還是再把你送回捷運站？」

「載我回捷運站就好。我家離這裡有點遠。」

「好。」

「大哥你動作很俐落耶，那坐好囉，我們走了！」

機車發動，駛離那棟房屋，騎上車水馬龍的大路。坐在他身後的輝哥開口說話了，「你也很孝順耶，還幫阿公來代班。」

「沒有啦。」陳偉迅有些不好意思，畢竟平常在親戚朋友面前，他大概沒什麼事蹟會被稱讚孝順。更多時候父親與阿公給他的評語都是玩物喪志、生活頹廢之類。

後座的輝哥仍是說：「很好了啦！這年頭像你這麼孝順、有禮貌，還願意來做這份工作的年輕人不多了。」

這句話的後半部分陳偉迅倒是很認同，他在機車隊裡就沒看過比自己年輕的人，統統都是跟自己阿公同輩的。

於是他想了想，統整出自己對這個現象的解釋：「這工作的薪水太低了啊，來這邊上班還不如去便利商店打工，一天還有一千多塊。」

身後的人也很有感觸地接話：「是啊，現在與以前不一樣了，有一天這個行業也會消失，走入歷史吧。」這句話對方說得特別輕，與那些向陳偉迅訴說過去的人們一般，像是說給他聽，卻又不是。

陳偉迅透過後照鏡看了一眼輝哥，雖然對方的年紀也不小，但看外貌似乎比自己的阿公與車行的那些大哥年輕。

「如果機車快遞沒有了，你會很不方便齁？」他想起先前他們談話的內容，總是有些人喜歡欺負盲人這件事。

輝哥嘆了口氣。他的嘆氣聲與大姊不同，很大、很沉，能夠清晰地傳到他耳中。

「唉，那也沒有辦法。這些舊的東西……終究會被時代淘汰的。」

陳偉迅試圖以一種輕鬆的語調回答：「不會啦。車行還是很多大哥在跑啊。」

「還能做多久？沒有新人傳承下去，消失只是遲早的事情。現在已經不是以前那個時代囉。」

他發現叫車的客人與從事這個行業的車手們，無論是男是女，眼中都有一種對往昔的留念，彷彿現在這個世界對他們來說才是虛幻的，而他們真正的身軀存在於過往的榮光之中。

輝哥這一席話再度勾起陳偉迅對阿公的想像。他幾乎不曾聽阿公對他說過任何關於自己工作或是過去的事情。

記憶中，小時候自己回阿公家，阿公總是撫摸著他的頭，並且給他很多糖果，要他乖乖坐好，不要給大人添麻煩。隨著時間的流逝，阿公不再給他糖果，而是給他一點零錢，他有時會將這些零錢存起來，有時會馬上就拿去買一些零食或小玩具。

他從來不知道阿公這些錢到底是怎麼來的，也從來不了解阿公的生活與世界，更不知道阿公為了賺這些錢有多麼辛苦。

阿公是不是像這些大哥一樣，總是懷念著過去的時光，是不是也跟面前的輝哥一樣，抱持著類似的想法，卻依然從事著一份明知道將會消失的職業呢？

他們究竟是因為懷念那些過往，而依依不捨地延續，還是為了親眼見證所有過去的痕跡消失，所以才堅持到現在呢？

陳偉迅忽然有些迷惑，他試圖揣測阿公內心的想法，不知不覺卻把自己內心所想說出口。

「以前的那個時代，究竟是什麼模樣呢？」

他嘴裡的自言自語被身後的輝哥聽見了，竟也勾起對方腦中那些記憶的復甦。

「以前的溫泉會館常常會須要按摩師幫客人按摩，那時候我每天從早到晚幾乎沒有空閒的時間，為了趕場按摩，常常請你阿公載……」

陳偉迅聽見輝哥忽然開始講起自己的過去時起先一愣，後來才發現是自己無意間把心裡想的話說了出來，才引來對方的回應，不禁有些尷尬，卻又不好意思打斷陷入回憶中的輝哥。

「我雖然看不見，但卻可以聽。比如一進旅館就會響起的那卡西音樂，還有客人聊天唱歌的聲音，光聽這些聲音我就能知道這家溫泉旅館的風格與生意好壞。」

輝哥緩了口氣繼續說道：「那時候我還很年輕，才剛出來按摩，就碰到北投最繁榮的時候，每天都做到半夜一、兩點，回家之後雙手關節都是腫的。」

陳偉迅在這個適當的停頓點搭了腔說：「那很辛苦喔。」

「那時候北投就像是一座不夜城，半夜兩、三點都還有摩托車聲，到處都很熱鬧，一天二十四小時幾乎沒有停下過。」

陳偉迅聽著輝哥低沉的聲音，講述著那個自己沒有經歷過的時代，雖然內容與現在人們的夜生活似乎沒有太多差別，可是從輝哥的語氣中，他卻能夠聽出在對方心中這兩者是完全不相同的。

他接著說：「那時北投最賺錢的行業除了小姐，應該就是那卡西了。那些紅牌的樂師歌手做個兩、三年，買房買車的一堆，就算是沒那麼紅的，生活也過得不錯。」

這席話令陳偉迅想起不久前才見過的大姊，從她身上，自己的確感受到一抹不尋常的氣質，有一種穩健老練，看慣了大風大浪般的沉著。

他想同樣生活在那個時代的大姊，興許就曾跟輝哥在哪個旅館中有過一面之緣吧。

陳偉迅分心想著這些時，輝哥卻並沒有停下他的敘述。

「雖然那卡西好賺，但那些歌手也是有很多說不出的苦衷。」

他立刻追問：「怎麼說？」

「那時候民風比較純樸，難免對這些有不好的觀感，尤其是那些經常出入溫泉旅館的女歌手，就更容易被指指點點……我就曾經遇到唱那卡西的小姐，她老公跑到旅館來大鬧，硬是要把妻子拉回家，不讓她繼續唱。」

「爲什麼要這樣，老婆賺得多是好事啊！又沒有做什麼對不起他的事情。」陳偉迅的觀點仍和之前跟大姊談話時一致。

輝哥卻笑了笑，「這也難怪啦。那時候溫泉旅館裡面還有公娼，進了包廂之後誰知道發生了什麼？老公當然會懷疑。」

「公娼？你是說做那種……」陳偉迅想起林大哥曾經跟他說的「找小姐」。

「對啦，雖然看起來很繁榮，但背後也總有陰暗的一面。」

「可是唱那卡西的小姐不是只唱歌嗎？」

「是啊。但是有些客人喝醉酒，藉酒裝瘋，或者是故意言語上吃妳豆腐，這種事情很多啦，她們老公難免會胡思亂想。」

陳偉迅沉默了片刻後才說：「我還是覺得好像對女生有點不公平，明明做的也是正當職業。」

輝哥的嘴角露出一個淺淺的弧度，透過後照鏡映入陳偉迅眼中。他覺得這個笑容像在笑他的天眞，又像是一種苦中作樂的微笑。

「沒有辦法，這個社會就是不公平的。我這對眼睛本來是不會瞎的，可是那時候家裡想要栽培大哥上學，錢不夠用，也沒有辦法給我治病，只找了個師傅讓我學按摩，一方面可以貼補家用，還可以有個一技之長。」

陳偉迅十分訝異他的這段過去，張大了嘴，從後照鏡中看著輝哥那張平靜的臉，好一會兒不知道該說些什麼。

但是輝哥看不見他驚異的神情，也似乎並沒有想要他的回答，逕自繼續說：「所以說哪有什麼公平，連家裡的人都是這樣了，還要求什麼公平？都是命。」

陳偉迅遲疑了一會兒才說：「那你會恨你的父母嗎？」

出乎意料地，輝哥的面色很坦然，「沒什麼恨不恨的，那時候他們自己也困難，的確是沒有能力幫我治病。誰教我出生眼睛就不好，也怨不得誰。」

陳偉迅喔了一聲，雖然覺得輝哥剛剛的語氣似乎並不如他的表情這麼坦然，但也知道這話題不是自己應該去追問的，畢竟每個人都會有一、兩個不想談及的私事。

機車抵達捷運站，停在兩人一開始碰面的出入口，陳偉迅提醒：「輝哥我們到囉。」

「好，謝謝你。跟你聊天很開心，下次再見！」

他如常地跨下車，將安全帽與錢交給陳偉迅，便提起手中那根白杖，愼重且緩慢地向捷運站裡走去。

這次陳偉迅沒有上前攙扶，因爲他已經看見捷運站裡有兩位穿著制服的工作人員朝輝哥走去，他知道他們一定會引導，讓對方安全無慮地搭上捷運。

輝哥剛剛所說的那些話給他留下了十分深刻的印象。在他的經歷中，從來沒想過有哪一天親人會放棄自己，哪怕是一遍遍嘮叨著自己的阿公。

他又想起阿公總是罵著自己不夠上進的那些話語。忽然間，他覺得自己也許該去醫院看看阿公有沒有好一點了。

□

陳偉迅帶著兩顆又大又圓的蘋果來到病房。那是他想起電視劇裡演探病劇情都要帶水果，最好是蘋果，於是臨時去醫院旁邊的商店買的，上面還留著包裹著它們的塑膠薄膜與條碼。

躺在床上看報紙的阿公一看見陳偉迅手上的蘋果，立刻說：「下次過來不用帶水果，醫院餐就有附了，等下你自己帶回去吃啦。」

「多吃蘋果對身體比較好。你沒有聽人家講：『一天一蘋果，醫生遠離我。』」陳偉迅將手上的蘋果放到桌上，正想找找有沒有水果刀可以切時，就聽到阿公又說。

「你在找什麼？水果刀喔？沒有啦，你上次又沒有帶來。」

陳偉迅不死心，「等下我去買一把過來。」

阿公終於收起報紙，狐疑地看著他，「你是不是惹了什麼事？怎麼突然帶蘋果給我？」

「沒有好嗎！我是聽說吃蘋果對身體好才買給你吃的。」陳偉迅覺得自己簡直冤枉，難道在阿公心中自己就是這樣的形象嗎？

阿公的目光還是很懷疑，將他從上到下打量過一遍後，才說：「眞的沒有闖禍嗎？你老實跟阿公說，有沒有蹺班？」

「沒有啦！你不吃蘋果就算了，我自己帶回去吃啦！」陳偉迅口氣不好地回嘴。

阿公終於相信他的確沒有騙自己，緩和了神情說：「不然等等去護理站問一下有沒有刀可以借，切切一起吃啦。你今天怎麼樣？有哪裡不會嗎？」

陳偉迅看了阿公一眼，內心還有點氣憤他剛剛的態度，「不會的我會去問車行那些大哥們啦！」

阿公立刻回應：「可以問我啊！我跑了好幾十年了耶！」

陳偉迅偷偷瞄了瞄他，「我聽其他人說，這個行業總有一天會消失……你爲什麼還繼續做機車快遞？沒有想過換一個職業嗎？」

這番話就像是一桶冷水，顯而易見地將阿公臉上那副熱切的神情澆熄，取而代之的是火光熄滅後的灰暗。

「我就做慣這個啦！再說我都這個年紀了，要換什麼其他的工作？」

「可是這個工作現在賺很少耶，還不如去便利商店打工。」

阿公像是有些煩躁地皺了皺眉頭，「你是要阿公去做便利商店喔？你有看過像阿公這麼老的店員嗎？」

陳偉迅仔細看了阿公一眼，開始回溯起腦海內的記憶，試圖證明的確有像阿公這麼年長的老人在便利商店工作。不過他絞盡腦汁地想了好幾分鐘，最終仍是一無所獲。

他只好放棄地垂下頭，認同地說：「好像眞的是沒看過這麼老的店員。」

阿公的神色倒在這段時間稍有恢復，又是之前那胸有成足的模樣。

「那不就對了。你不要說這些啦，我是在問你有沒有遇到什麼問題啦？」

陳偉迅又想了想，「是有一個困擾啦⋯⋯」

「你說！」

「我發現你們都特別懷舊耶，時不時就說一些以前發生的事情，都多久以前的事情了⋯⋯」

阿公白了他一眼，「你們現在的小孩子交際能力實在很差耶，人家是看你順眼才跟你說這麼多的。」

陳偉迅有點委屈，「可是那些東西我根本都沒有見過，是要我怎麼聊天？」

「你要張開耳朵用心聽啊！沒有見過多聽就知道了啦！而且人家跟你說這些，有要你回應他什麼嗎？」

「那倒是沒有……」

「那不就對了，你在這邊自尋煩惱幹麼？」

「可是不回應點什麼就很尷尬啊，氣氛很沉重耶！」

「那沒有關係啦！」阿公粗暴地揮揮手，打斷了這個話題，「你還有什麼其他比較有意義的問題嗎？」

陳偉迅想了想，又說：「阿公，你要我送便當那附近的房子都沒人住耶，只有一個伯伯住在那間破房子裡，而且我看他行動好像也不太方便，那平常要怎麼辦？」

阿公皺起了眉頭，「你問題怎麼這麼多？就是行動不方便才要你送便當啊！」

「不是，我的意思是他沒有小孩或是家人嗎？不然政府也應該要安置他，怎麼會讓他一個人住在那裡？」

「哪有這麼好？政府又不是神仙。里長有跟我說啦，那個伯伯他家人都不住北投，而且好像自己也有什麼困難，沒辦法把他接過去，所以拜託我幫忙送便當。里長也是好心，你送的時候多注意一下，看看有什麼要幫忙的。」

「可是阿公，一星期只送了兩天的晚餐耶，他其他時間吃什麼？會餓死吧？」

「其他時候里長也有安排，你不用擔心啦。」

阿公看了陳偉迅臉上還是那種有點懵懂卻又好像不太認同的表情，揮了揮手說：「好了我要休息了，你回家了啦。對了，給我兩百塊錢。」

陳偉迅驚愕地看著他，「爲什麼？」

「我沒有錢了，昨天花光了。」

「可是我今天才只賺四百耶！」

「不要囉唆啦，我出院之後就領錢還你。」

「你現在幹麼不去領？」

阿公白了他一眼，「我這個腳是可以領喔？卡片也不在身上啦。」

陳偉迅嘀嘀咕咕地從口袋中掏出紙鈔，「我要跟爸說，教他還我。」

「你說、你說，你這孩子怎麼這麼小氣！」阿公從他手上接過紙鈔，「好啦，忙的話就不用過來了，阿公自己會照顧自己軀。」

「喔，拜拜。」

陳偉迅走出了病房，這才想起自己手上還拿著那兩顆蘋果。他停在原地正想著是否應該買一把水果刀再折回去。

直到後方有人喊了一聲：「借過。」他才再度邁開步伐，帶著那兩顆沒有送出的蘋果，騎上機車回家了。

□

也許是跟輝哥聊得十分愉快，隔天上午陳偉迅的手機又接到了輝哥的指名電話，請自己到北投市場附近接他。

陳偉迅到達定點，看見站在路旁，手裡提著塑膠袋的阿輝，心裡有種替他捏了一把冷汗的感覺。也許是他掛在臉上那副黑色的墨鏡與手裡拿著的白杖，標示著對方有著與常人不同的脆弱與無助。

他很快將車子騎到對方身邊停下，並且說：「輝哥，你那個袋子要不要放我機車前面？」

阿輝聽見他的聲音愣了一下，然後才反應過來伸出手，小心翼翼地往陳偉迅的方向摸去。

「小偉你到啦？麻煩你了，謝謝。」

陳偉迅接過阿輝手上的袋子，並且指引那隻向自己伸過來的手，帶著他移動腳步，對方空出來的那隻手沿著機車的形體摸索，藉著觸覺感受這世界的樣貌，在腦中建構起只有自己能理解的地景與樣貌。

阿輝摸索了一陣，終於順利坐上機車，陳偉迅也同時將那袋滿滿的蔬果放到腳踏板上。周遭的嘈雜人聲如同將近正午的太陽，逐漸變得炙熱且沸騰；當陳偉迅發動機車緩緩駛離，那些紛亂的情景就通通被拋在了他們身後。

「我這麼早打電話，有沒有打擾到你？」坐在後座的阿輝說。

陳偉迅有些摸不著頭緒，「爲什麼這樣說？」

阿輝又繼續說：「昨天忘記問你都跑什麼時段了，有些車手他們是下午才去排班，早上有其他事情。」

陳偉迅會意過來，回答道：「我阿公交代我早上就要上班了。」不過他轉念一想，又對阿輝說的那個情況有些好奇，「原來車行不是都統一八點上班喔？」

他這問題引得阿輝一笑，「難道你都沒發現有些人是下午才會來嗎？」

經阿輝這麼一說，陳偉迅仔細回想這幾天自己上班時的情景，果然想起有兩、三個面孔的確是固定在中午過後才會出現。原先自己還以爲那是因爲這些人一早就去載客了，如今聽阿輝說，才明白原來車行的排班是有分上、下午的。

他連忙追問：「爲什麼他們可以只上下午啊？有後台喔？」

這不禁又讓阿輝一笑，「你可以問問看你們車行老闆，說不定眞的是這樣喔。」

陳偉迅也知道問對方有點奇怪。不過他一個菜鳥新人跑去問老闆這個問題，怎麼說好像都有點不妥。

於是他在腦內愼重考慮著這件事，就怕一個不注意給老闆留下不好的印象。

後座的阿輝沒有聽到陳偉迅的回答，似乎是猜到了他腦中所想的事情，主動補充道：「開玩笑的啦，你們車行是自由排班的啦，是看你自己決定要什麼時候去，要賺多少這樣。」

陳偉迅聽完有些驚訝，「自由的？也就是說如果我今天不想去，就能不去囉？」

「對啊，不過沒有什麼事情，他們好像都會去排班。」

陳偉迅覺得自己好像聽見了一個驚天的內幕，如果說車行的排班是自由的，那其實受傷的阿公根本沒有必要找自己來代班吧？他可以直接打電話向林大哥請假啊，反正排班這麼隨性。

他愈想愈覺得不對勁，從自己這幾天看到的狀態來說，許多大哥回到車行不是在聊天就是在泡茶，尤其過了早上與下午尖峰時段後，幾乎大多數的人都在休息，壓根沒有缺人的感覺。

難道阿公有什麼難言之隱？

陳偉迅的腦中愈想愈複雜，還編出了各種奇怪的情景與理由。比如說自己阿公欠林大哥錢啦，或者阿公其實非常缺錢之類的。

而後座的阿輝在補充後仍然沒有聽到陳偉迅的回應，不禁疑惑地問：「排班是有什麼問題嗎？」

陳偉迅這才意識過來自己沒有回話，連忙說：「沒有啦，是我有點吃驚。我阿公都教我八點前要到，我以爲有什麼要求，還因爲怕遲到設了五個鬧鐘耶！」

阿輝哈哈一笑，「這樣也不錯啊，早點起床對身體比較好。你阿公他年輕的時候也是都很早起床。」

「你怎麼知道我阿公的起床時間？」他十分震驚。

「是阿明自己跟我說的啦。以前北投的交通還沒有這麼方便，很多人家裡沒米、沒菜了，就會拜託車手送。所以他們常常天還沒亮就開始排班，一直做到晚上。」

「這麼早起床不會累嗎？我每天都想睡到中午耶。」

阿輝得意地一笑，「以前的人生活規律跟你們現在不一樣。我還是小孩子的時候，每天三、四點就要起床幫忙了。」

陳偉迅雖然有打電動到天亮的經驗，卻無法想像每天三、四點鐘就要起床的生活。畢竟現在一般上班時間大概都在八點後，沒有多少人會在那個時間起床，除非是夜班。

他在腦中拼湊著那個情景：清晨天未亮時就起床的阿公，騎上那台老舊的機車，昏暗的天色下，一人一車奔馳在空曠的道路上……不過交織在他腦內的幻想很快就被阿輝的話打散。

「那時我跟附近的小孩一起去撿回收，貼補一些家用。我們總是一邊走一邊唱歌，整條街都聽得見我們的歌聲。」

這一席話聽得陳偉迅目瞪口呆，「你們這樣不會被罵嗎？半夜耶。」

阿輝再度重複道：「就說以前人不像你們現在啦，都很早起的。我們那條街三、四點就起床了。」

陳偉迅沉默了，他深刻了解雙方生活年代的差異性。現在半夜三、四點會在路上發出噪音的，就只有飆車族了。

機車在十字路口停下，這個十字路口的紅綠燈特別久，陳偉迅不耐地四處張望，不過周圍除了跟他一樣不耐的騎士外，並沒有其他有趣的東西。

他的目光來回掃過路旁數遍，忽然看見自己腳踏板上放著的那些蔬菜。塑膠袋是半透明的，裡面放著的綠色菜葉清晰可見，那些菜葉的模樣陳偉迅十分熟悉，他笑出了聲說。

「輝哥，你不會挑菜吼？都拿到萎的。」這句話是他從大姊那邊聽來的，如今輪到自己對別人說，他的心中不禁生起一股快意，果然不會挑菜的也不只他一個人。

誰知道阿輝聽見這句話，臉色一變，「拿到萎的？怎麼會？」

「都是萎的啊，菜葉都黃的，莖也都軟了。」爲了驗證自己所言不假，陳偉迅還現場從腳踏板上拿出一把菜，仔細敘述他觀察到的問題。

「你菜給我，我摸摸看！」

陳偉迅將手中那把菜遞給後座的阿輝，「你摸。」

當阿輝的指尖一觸到菜葉，便憤怒地說：「菜我明明特別挑過，他給我換掉！」

看見這個反應，陳偉迅終於反省起自己的冒失。挑菜這種小事對眼睛看得到的人來說再簡單不過，但對於阿輝來說，卻是十分困難。而自己竟然對一個看不見的人沾沾自喜，實在太過幼稚。

他愣了一會兒，正想要道歉，卻聽見阿輝又說：「有些人就是這樣啦，看你好欺負就要欺負你。」

「輝哥，你是說菜攤把你挑的菜調換成萎掉的喔？」

「對啊！我買之前都仔細挑過，確定菜都是新鮮的才買，才不會買這種萎掉的菜。」

「那我們回去換！走，我載你回去。」也許是爲了彌補自己剛剛說錯話的愧疚，陳偉迅一反平常怕麻煩的個性，主動說道。

不過這頭陳偉迅雖然十分有幹勁，阿輝卻並不像他一樣。

「算了，回頭去找有什麼用呢？他們不會承認的。」

陳偉迅雖然覺得阿輝說的也有道理，可他仍是說，「還是回去問問看吧，說不定他會讓我們換呢？」

阿輝拍拍他的肩膀。這時候陳偉迅才發現原來阿輝的手掌這麼厚實，並且有著一種堅強的力量。

「我習慣了。也怪我自己，平常買菜的攤子沒來，我就圖方便隨便找一攤買。」

陳偉迅還是有些不平，但是想到阿輝並不想要回去找菜攤理論，只好閉上嘴巴，不再多說，等待綠燈亮起後，催起油門，機車筆直地朝前奔去。

兩人因爲這個問題，各自心裡都想著其他事情，一路上不再繼續說話。直到機車駛到捷運站前，陳偉迅又忍不住問了一次：「眞的不用去換嗎？」

阿輝雲淡風輕地說：「不用啦。」

陳偉迅彎腰要拿腳踏板上那袋菜，手才碰到塑膠袋，腦中卻忽然有個聲音響起。放下了那袋萎掉的菜葉，他轉頭對下車的阿輝說。

「不然我去幫你換好了，你告訴我是哪一家菜攤。」

阿輝臉上閃過一絲錯愕，「眞的不用啦！這種小事，菜萎掉也不是不能吃……」

「可是這不是你的問題啊。怎麼可以因爲你看不到就這樣對你呢？我覺得即使沒有結果，也應該跟那個攤販反應。」

阿輝的神情從錯愕變成有些苦惱的模樣，他沉思幾分鐘，然後又跨上機車，戴上安全帽。

「既然你這樣說，那我們就去找那個菜販理論吧。」

陳偉迅有些驚訝，沒想到原本一臉不想生事的阿輝竟然同意了自己的意見，還露出笑容看著他。

「你要跟我一起去嗎？」

「當然，不然你知道是哪一攤嗎？」

陳偉迅還眞的答不上來這個問題，阿輝隨即拍了拍他的肩膀。

「走吧！也許你們年輕人有自己的道理！」

引擎發動的聲音再次傳來，陳偉迅又催起了油門，往之前騎過的原路折返。

□

陳偉迅心底其實並沒有預想自己拿著這樣一袋菜回去，究竟可以發揮什麼效果。即使他在騎車的路上不斷盤算著自己應該怎麼應對，才可以增加成功的可能性，不過一直到兩人又回到北投市場並停好機車，他都沒有想出結論。

所以當他扶著阿輝，拄著白杖走到攤販面前時，他甚至都不知道自己該怎麼開口。

雖然沒有任何計畫，但年輕人就是勝在衝動，做就對了！於是短暫思考過後，他先試圖讓自己的口氣聽起來比較溫和。

「那個……老闆，這些菜是在你攤子上買的。你看這邊葉子都黃掉了，根本不能吃。」

但當他的眼神與攤販老闆那不耐煩的視線對上後，他就發現自己實在太和善了。

「這個菜不是我這邊賣的，我們沒有在賣這種萎掉的菜。」老闆說著比了比自己菜攤上放著的那些菜，「你看我們的菜每把都挑過，很漂亮，哪會有那種萎掉的。」

陳偉迅當然百分之百相信阿輝剛剛說的，不過他放眼看去，菜攤上每一把菜的確都鮮嫩且乾淨，與阿輝袋子裡那些菜全然不同。

於是他又有了一個新的想法，既然攤子上沒有難看的菜，那阿輝袋子裡這些品相不佳又髒污的菜，該不會是菜攤挑菜剩下的吧？

他見對方否認得這麼快，口氣也不算好，也直接地說：「你攤子上的菜是都很漂亮，但你是不是故意欺負人看不到，把挑剩的菜賣給他？」

老闆這才轉頭看了一眼站在陳偉迅身邊，拄著白杖的阿輝。

「我沒看過他，你是不是搞錯攤了？我們不會做這種事情啦。」

就如阿輝所料，老闆果然不承認。而困難的是這附近攤商用的塑膠袋都差不多，菜上也沒有明顯的標記可以證明就是這個老闆賣的。

一直沒有開口的阿輝卻在這時候說話了，「我給錢的時候銅板裡不小心混了一個代幣，你還把代幣還給我，你還有印象嗎？」

老闆的目光停留在阿輝身上數秒，之後就看他斬釘截鐵地搖頭，「不知道，沒印象，你們去別家問吧。」

陳偉迅與阿輝兩人站在攤販前的舉動引起了周圍其他人的圍觀，這時還有站得比較靠前的大媽插了句話。

「你們來這攤買菜，買到不好的喔？」

陳偉迅立刻回答：「對啊，妳看這些菜，都是在這邊買的，這麼多葉子都枯黃了，哪裡能吃。」

老闆看他這樣，也連忙解釋：「不要聽他們烏白講！他們是故意來亂的，這個菜這麼難看，哪一攤會賣？」

陳偉迅不甘示弱地回應：「對啊！哪一攤會賣這種菜？不就是你故意欺負客人看不見，換了自己挑剩的菜給客人嗎？」

一旁的大媽聽他這麼說，轉頭看了一眼站在旁邊沒有說話的阿輝，又看了看老闆，目光中透露出一抹責怪。

「這樣欺負人，眞的要不得喔。」她說著一面搖頭，一面離開戰場，看來並無意插手兩邊的爭執。

陳偉迅眼見四周的人雖然多了起來，但幫腔的大媽卻走了，大多只是看戲並不介入，心裡不免有些慌張，於是加大了聲音說：「你看！路人都看不下去了，我們的要求也沒很過分，只是要你把菜換一下，再跟輝哥道歉就好了。」

不過與陳偉迅對峙的老闆仍是十分強硬地說：「你少在這邊造謠，不然你去報警好了，沒有的事情爲什麼我要跟你道歉？」

阿輝這時悄悄地附在陳偉迅耳旁說：「我看算了，就算眞的鬧去警察局，也沒有證據。」

這個結果是他們早就預料到的，但是陳偉迅卻不願意就此退縮，他想自己既然都來了，起碼也應該替阿輝討到一句道歉。

堅定了目標，他正想再開口時，圍觀人群中忽然走來一個人，一面走還一面說：「爲什麼吵成這樣？」

陳偉迅定睛一看，來的人是林大哥。不過他並沒有向自己走來，反而搭著老闆的肩膀說：「幾把菜也沒多少錢，鬧成這樣多難看，對不對？」

他立刻就想上前向林大哥解釋來龍去脈，希望對方可以成爲自己的助力。不過他僅移動了一步，還沒來得及上前與林大哥交談，就被身旁的阿輝拉住手臂。

他疑惑地看向拉住自己的阿輝，對方那副黑色墨鏡反射出自己疑惑的神情。

阿輝靠近他小聲地說：「等一下。」

陳偉迅不懂這兩人葫蘆裡賣的是什麼藥，他疑惑地看向正和老闆攀談的林大哥。

「你是什麼時候來擺攤的啊？以前這邊的攤子好像不是你。」

老闆聽他這麼說，知道對方是個熟悉市場的人，神色放緩了些，「剛來擺兩、三天啦。之前那攤不做了，現在這邊是我承租。」

林大哥點頭，「我跟你說，這樣不好看啦。就幾把菜的錢，鬧得大家都在看，不好看啦。」

「那你去跟他們說啊！無緣無故跑來鬧。」老闆說著瞪了陳偉迅一眼。

陳偉迅不甘示弱地回嘴：「誰教你做黑心生意，專挑盲人欺負！」

林大哥舉起手，示意他不要說話，「好啦，菜市場又沒有監視器，這種事情說不清楚啦，但是鬧起來不好看，幾把菜就換給他們啦。」

老闆撇頭，「他們說是我，就是我的喔？」

林大哥又拍拍他的肩，「出來做生意嘛，以和爲貴啦。再說等一下鬧到警察局那邊，就很麻煩了，不要跟他們計較啦。」

「我有什麼害怕的！」

林大哥看了一眼老闆的攤子，悄悄靠在他耳朵邊不知說了些什麼，一面說還一面指地面。

也許是林大哥的論點說服了老闆，也或者是他說的話中有什麼玄機，本來一直很強硬的老闆竟然軟化了。

「這樣不是等於要我認了嗎？」

「對啦我知道，但是你現在這樣一鬧，也沒人知道你有沒有做，不如趁現在圍觀的人不多，把菜給他們換一換算了，省得麻煩對不對？」

老闆看了林大哥一眼，又看了看陳偉迅，然後才說：「好啦、好啦，算我倒楣，你們自己換啦。」

陳偉迅覺得這簡直就像是奇蹟一樣，趕緊將手中那袋萎掉的菜放在攤子上，仔細地挑選起新鮮的青菜。

他將菜裝到塑膠袋裡塞到阿輝手中，興奮地說：「我就說應該來換吧！」

阿輝也笑著說：「年輕人還是比較有用，多虧聽了你的話。」

陳偉迅當然十分高興，他看了看還站在老闆身旁的林大哥，對方卻只揮了揮手。

「你們東西也換到了，沒問題就散了啦，不要再吵了。」

他不明白林大哥對自己這麼冷淡的原因，不過想起阿輝剛剛阻止自己上前與對方交談，他想這一定有什麼重要的原因在，於是也沒有再試圖跟林大哥攀談，只是對著老闆說：

「你還沒跟我們道歉。盲人就算看不見，也不是能隨便欺負的。」

那個老闆聽了這句話，臉上一陣鐵青，索性轉過了身，嘴裡哼著：「懶得理你們。趕快走，不要妨礙我做生意。」

林大哥也跟著幫腔，「對啊，你們東西也換到了，沒有吃虧就好了，不要計較這麼多啦。」他一面說，一面推著陳偉迅，直到把對方推得轉過了身，走到一個看不見菜攤的角落，才終於停下。

途中阿輝的手不知道什麼時候搭上了林大哥的肩膀，一直跟在兩人身後。

「林大哥，你幹麼一直推我啦。」

「不推你，讓你繼續跟人家吵架喔？」林大哥這時才終於正眼看著陳偉迅，並且做出一個不耐煩的表情。

「他故意欺負人啊，找他換菜本來就是應該的，還要道歉才對。」

林大哥對陳偉迅的說法翻了一個白眼，決定不再與他解釋，轉而向阿輝說：「拍謝啦，這我們新來的阿弟仔，年輕人做事情比較衝動。」

阿輝搖頭，「是我要謝謝他，替我出頭。小偉很有正義感。」

林大哥又看了陳偉迅一眼，「趕快載客人回去啦，要中午了人家還要回家煮中餐啦。」

「可是那個老闆……」陳偉迅向後方看了看，似乎還有一些堅持。

「不要這個那個了，快點啦！剩下的我處理。」

陳偉迅雖還有些話想說，但是看林大哥態度這麼堅持，也只能先送阿輝回去。

「要不要乾脆到我家吃頓飯？剛好今天買這麼多菜。」

「不用啦，不用啦，不用這麼麻煩啦！」陳偉迅說著。

不過阿輝並不給他拒絕的機會，堅持報出自家地址，並要陳偉迅載他回家，嘴上還不斷說著：「不要客氣啦，怎麼說你也算是幫了我的忙，一定要請你吃一頓飯。」

此刻，陳偉迅心中產生了一個深深的疑惑：怎麼這些客人都喜歡請人到家裡去啊？自己連拒絕的機會都沒有！

於是繼大姊之後，陳偉迅又被中年男人拉去了家裡作客。

□

阿輝的家中並不像陳偉迅猜想的，應該是十分簡潔且空曠的模樣。相反地，他的家中有許多娃娃，從手掌大小到半人高，各種顏色與造型的玩偶堆滿了客廳沙發，連牆上還有門把上都掛著不少。

陳偉迅一直覺得只有女孩子才會喜歡這種可愛的小擺飾，令他想不到的是，連中年大叔也會喜歡娃娃。

也許是娃娃對阿輝來說已經成爲十分日常的存在，所以他一點都沒發現有什麼特別之處，仍熱切地招呼陳偉迅坐上那個擺滿娃娃的沙發。

陳偉迅發現在家中的阿輝就像能看得見一樣，不需要自己或任何外物的幫助，在這個他熟悉的空間中，即使失去了雙眼，也絲毫不影響他流暢的動作。

陳偉迅從屁股下拿出一隻倉鼠娃娃，隨手放到一旁，疊在玩偶堆的最上頭，娃娃那張圓得過分的臉面向著他，被坐到有些變形的五官像是在笑。

阿輝將陳偉迅安排在沙發上後，安心地提著菜轉身進廚房，還不忘說：「稍微等我一下，我炒幾個菜，很快。你有什麼不吃的嗎？」

「沒有，我什麼都吃。」

陳偉迅看阿輝一個人在廚房身手俐落地忙得不亦樂乎，而自己一副無所事事的樣子坐在沙發上等飯，好像有點尷尬。

他從沙發上站起，朝廚房內望去，試圖尋找自己可以插入的時機。不過窄小的廚房看起來難以再容納另一個人，而且他更害怕自己貿然加入，反而會破壞阿輝做事的節奏。

於是他就這樣在客廳反覆坐下又站起，每當他下定決心準備跨出那一步去廚房幫忙時，立刻又會因為廚房傳來的動靜而縮回腳步，重新窩回沙發上。

在他不斷陷入糾結時，他不僅將阿輝在廚房的俐落動作看得仔細，也將這間房子內的擺飾大致觀察了一遍。

除去滿屋子的娃娃外，阿輝家裡的東西與自己相比還是比較簡單的。除了電視與電腦外，沒有太多儲物用的櫃子或是紙箱，也沒有像自己一樣把衣服跟鞋子丟得滿房間都是，地上十分乾淨，連一根頭髮都看不見。

這讓陳偉迅不禁從心底佩服起阿輝，一個看不見的人，卻可以把地板掃得比自己還要乾淨。他同時也反省了一下自己髒得像狗窩一樣的房間，桌上不僅常常擺滿一堆東西，還把用過的東西到處亂放，他就曾經在廁所裡面找到自己的鑰匙。

而這些在阿輝的屋子都是看不見的，雖然娃娃很多，但大多數也只集中在門把、沙發與牆上，沒有半隻離開過這些範圍。

他還在心中暗自讚歎時，阿輝不知道什麼時候已經炒完菜，端著菜走出廚房。

「我來幫忙吧！」陳偉迅終於找到幫忙的時機，接過阿輝手上的兩盤菜，放到客廳唯一的小桌上。

「我再去把湯端出來喔，你幫我去那個櫥櫃裡面拿碗出來。」

陳偉迅隨著阿輝的指示，打開靠近廚房的木頭櫃子，裡面總共也只有三副碗筷與湯匙，看得出阿輝家裡平常鮮少有人來訪。

「我煮了貢丸湯，不知道合不合你口味？」阿輝將湯從廚房端出來，滿臉笑容地擺在沙發前的小桌上。

那張桌子很矮，必須彎著腰才能夾到菜，阿輝將一切布置妥當後坐上沙發時才察覺到這件事情。

「這張桌子比較矮，平常都是我一個人隨便吃，沒有太在意。」

「不會啦，我平常都隨便吃，吃得還沒有今天好。」陳偉迅說的是真話，平常他在家裡懶得出門就吃泡麵，即使出門也都是買個便當回家一邊打遊戲一邊吃，坐姿遠比現在扭曲。

「來，多吃點菜啦！」阿輝挾起炒青菜，示意陳偉迅把碗靠過來。

「喔，謝謝！」陳偉迅雖然一向不喜歡吃青菜，見狀仍然趕緊拿著碗去接。菜落到碗裡的那瞬間，他的臉色也變得鬱悶，不過這個小表情阿輝當然看不到。

爲了使這頓飯吃得不至於太痛苦，最重要的是得阻止阿輝再挾青菜給自己，陳偉迅決定靠聊天來轉移長輩對年輕人的過度熱情。

「輝哥，你很喜歡娃娃喔，我看你家裡好多娃娃耶。」

阿輝露出一個微笑，「對啊，你也喜歡嗎？要不要拿幾個回家。」

「不用啦！我沒有很喜歡娃娃啦！我是好奇你怎麼會這麼喜歡娃娃？」其實陳偉迅好奇的並不是阿輝喜歡娃娃這件事情，而是阿輝看不見娃娃，家裡卻收集了這麼多各式各樣的娃娃。

阿輝先就菜扒了一口飯，然後才回答：「我覺得這些娃娃軟軟的，很好摸。把它們這樣堆在沙發上，還可以當墊子，躺下去很舒服。」

陳偉迅看了一眼自己放在旁邊的那隻倉鼠娃娃，此刻那張可愛的臉孔仍對著自己，只是他終於明白爲什麼這隻倉鼠的臉會讓自己感覺這麼大了……那是被阿輝長時間坐出來的。

本來以爲阿輝會說娃娃很可愛之類的，想不到這些娃娃的用途卻是這樣，果然不能期待中年男人說出什麼合乎自己猜測的回答。

一時不知該回答什麼，他只好低頭吃飯，雖然對方看不到，但他還是下意識地這麼做了。

他一面吃，一面想再開個新話題，可是沒等到他想出新話題，阿輝就實現了他內心所想。

「小偉，你阿公有沒有跟你提過他曾經跟我一起抓小偷的事情？」

「抓小偷？沒有啊，你們還抓過小偷喔？」陳偉迅驚訝地反問。

「你阿公年輕時跟你一樣啦，很有正義感，遇見別人有什麼困難都會去幫忙。」

陳偉迅倒是不知道原來自己跟阿公一樣都很有正義感，或者更確切地說，他其實有些驚訝自己有一天竟會被人以有正義感來形容。

「也就是因爲這件事情，我才跟阿明熟起來的。」

阿輝喝了一口湯，潤了潤嗓子接著說：「那時候我不住這裡，是住在山上。那天很晚了，大概是半夜一、兩點時，你阿公送我到家，他發現大門是開著的，覺得肯定是遭小偷了。」

「那你們有報警嗎？」

「當然是有啊。但是警察沒有這麼快來，你阿公就提議我們進去屋子裡看看⋯⋯」像是爲了配合這情景，阿輝刻意壓低了聲音說。

「那然後呢？」陳偉迅吞了一口口水，連飯都忘了繼續吃。

「你阿公在外面四處找，看有沒有什麼能當武器的東西，不過找了半天只有我放在門口掃地用的竹掃把跟畚箕。你阿公教我拿著畚箕守在門口，他拿著掃把進去。」

「阿公膽子好大！」他忍不住驚歎，想不到現在看起來沒什麼戰力的阿公，年輕的時候這麼猛，敢一個人單挑小偷。

阿輝也點頭，「對啊，阿明膽子很大。我那時還拉住他，跟他說等警察來我們再進去。」

「那阿公怎麼說？」

「你阿公問我家裡有沒有什麼值錢的東西。我跟他說我的錢都放在抽屜裡，然後他就不等了，自己跑進去了。」

「哇！那阿公有沒有遇到小偷？」

「那時候我很害怕，拿著畚箕守在門口，就怕你阿公進去後小偷從門口這邊出來。然後我就聽到一個腳步聲，慢慢地向我靠近……」

「是小偷喔？」

「腳步聲愈來愈近，那個人愈來愈靠近門口……我在心裡推測對方到底離我有多遠，什麼時候會走到門口，準備等他到門口，就立刻拿畚箕打他！」

陳偉迅的心情隨著阿輝說故事的語調起伏，當他聽見畚箕落下的那一秒，跟著發出了歡呼，「抓到小偷了？」

阿輝聽著他的反應，卻哈哈地笑起來，「沒有，那是你阿公。阿明進屋繞了一圈沒看到小偷，想回來跟我說，沒想到卻被我一頓猛打。」

陳偉迅原本歡喜的心情瞬間蕩然無存，緊接著問：「那我阿公有受傷嗎？」

「沒有啦，我一個盲人，能打到人就很勉強了。」

「那小偷呢？」陳偉迅又問。

「小偷好像聽見我們的聲音，就跳窗逃走了。還沒跑遠，就被後來趕到的警察抓住了。」

「那還好你們沒有跟小偷起衝突，不然萬一受傷就不好了。」

「怎麼沒有衝突，你不知道喔！你阿公勇猛的咧，那時候警察在圍捕小偷，他馬上就拿掃把衝上去幫忙耶。」

這件事陳偉迅還真是第一次聽說。他腦海中浮現出阿公穿著內褲，窩在客廳看電視，或是叨唸自己這樣太懶散的畫面，然而他怎麼都沒辦法把這一切跟阿輝敘述中的阿公連結在一起。

「想不到阿公這麼猛……」他喃喃自語地說出這句話。

雖然聲音並不大，但當然不會逃過阿輝的耳朵，他跟著附和說：「我也是從那件事情後才知道原來阿明這麼勇猛。」他的敘述暫停了一會兒，組織著接下來要表達的內容。

「後來我問你阿公，那時候怕不怕。阿明說他怕得要死。」

陳偉迅不解，「怕還一個人衝進去？」

「我也不知道啊！所以我才說你阿公很有正義感，也很勇敢。」

在這個故事中，這點陳偉迅的確是無法反駁，他只能點點頭，一起加入誇獎阿公的行列。

「對啊！想不到阿公這麼英勇，他都沒跟我說。」

故事到了尾聲，阿輝停下來做了總結。

「有些事阿明不一定會跟你說啦。我認識他很久了，他很多事都只放在心裡。」

陳偉迅點頭，對於阿輝今天所說的事情感到有點陌生。故事中那個年輕的阿公是自己所不熟悉的，有著自己記憶中沒有的面孔，正義且英勇，更重要的是有人說他與這樣的阿公相似。

這是他料想不到，也從來不曾有過的念頭。一向看自己不順眼的阿公，原來在其他人眼中，祖孫倆竟然也有相似的地方嗎？

兩人這頓飯足足吃了有一小時，最後在陳偉迅堅持要將自己用過的碗筷洗淨擺好的要求中結束。

離開前，阿輝站在門口向他揮手，臉上帶著笑容說：「有空再來啊！我這裡很久都沒有年輕人來了，跟你們吃飯好像連自己都變年輕了。」

陳偉迅自樓梯間回頭，目光透過扶手的欄杆間向上望去，見到阿輝腳上那雙老舊的藍白拖仍停留在原地，沒有移動。不知道爲什麼他總是感覺，那些笑著招待自己的大姊或大哥們，微笑的面孔中都帶著一種落寞的氣息，就像是他們口中那段流逝的曾經。

/ 第三章

「所以你這幾天沒怎麼上線是因爲跑去跟那些大媽、大叔打交道喔？」

通訊軟體跳出這則訊息，接在文字後面還有一張大笑的貼圖。

陳偉迅皺起眉頭，兩手快速在鍵盤上敲著。

「笑屁喔，一點同情心都沒有。」

那頭很快又傳來回應：「好啦，我跟其他人說你最近比較忙。對了，你要代班到什麼時候啊？」

「我也不知道啊！我阿公不放過我！說不定到開學都還要幫他代班。」

「很好啊，早點適應社會嘛。多跟中老年人接觸，正好摸清楚他們的喜好，那些大老闆哪個不是中老年人。」

螢幕前的陳偉迅翻了一個大白眼，當然對方是看不到的。

「我跟我阿公相處十幾年，都不知道他的喜好是什麼。跟這群中老年阿桑在一起幾個月是可以學到什麼？」

「不一定吧。說不定是你阿公比較難搞？」

這席話引起了陳偉迅的深思，他敲打鍵盤的指尖略微停頓，然後才不甚流暢地打出：「也許是我沒有花時間去了解他吧……」

「唉唷，才做幾天，就會反省自己了，不錯喔！再做一個月一定可以變成你阿公心目中的乖孫子。」

陳偉迅煩躁地用力敲打按鍵，像是要把鍵盤打爛一樣。

「你靠北喔！不聊了，去睡了啦。」

他打完這最後一句話，不等對方回應，立刻關閉了電腦，同時離開椅子，準備刷牙洗澡上床睡覺。

站在鏡子前，他一面刷牙一面想著自己最近幾天的生活好像異常規律。不僅每天七點左右就醒了，還能夠悠閒地吃一頓早餐，晚上也幾乎都在十一點前就睡了，每天都睡滿八小時，完全符合醫生建議的標準健康生活。

他看著鏡中的自己，眼窩下的黑眼圈因爲最近養生的作息明顯有了改善，連皮膚都顯得光滑了一些。

他思索著難道自己之前整天打遊戲的生活，眞如阿公所說那樣糜爛嗎？

□

「少年仔，你要好好帶路，不然大姊會給你吐槽喔！」

「好、好喔。」

陳偉迅手握著龍頭，額角滴下一滴冷汗。自己好不容易習慣了與這些大叔大姊打交道，卻想不到竟然還有這麼大的考驗在等著自己。

他回想自己聽見要求時的忐忑不安，不光是因爲這個委託內容極難達成，更可怕的是電話另一頭，那位五、六十歲的大姊企圖用年輕人的口吻跟自己裝熟，假裝青春洋溢的模樣，光想像就讓他毛骨悚然。

沒錯，大姊要他帶她遊北投，而且還指定要去一些年輕人常去的景點。這對於一個整天宅在家裡的宅男來說，簡直困難到不行。他怎麼知道現在年輕人都會去哪裡？他又不是那些現充！

今天一早，才剛吃完早餐，還準備去便利商店買個飲料，就接到大姊的電話時，他的心情是崩潰的。本來想要推掉這個委託，可是話還沒有全說出口，只起了一個頭，大姊就立刻換上了哀怨的語氣，不僅抱怨自己的人生辛苦，甚至還說到她最近的生活有多枯燥，就是希望陳偉迅可以陪她散散心之類的。

那一瞬間他都傻了，他怎麼覺得自己代班的這個工作好像有那麼一點奇怪的氣息呢？阿公之前也是這樣嗎？機車快遞還要真人伴遊嗎？

他的內心很不解，也很混亂。於是在剛剛那通令他手足無措的通話中，他沒有來得及拒絕掉大姊的要求，也沒來得及表達自己的困難。

通話結束後，一切都塵埃落定，他只能抱著慷慨赴死的心情，隨便買了在便利商店看見的旅遊手冊，臨時惡補了介紹北投的那幾頁，才出發與大姊會合。

載著大姊前往旅行指南的地點時，他的腦海中不禁浮現這位大姊究竟是透過什麼管道得到自己的手機號碼，他之後肯定要好好找這位透露的人聊一聊。

雖然陳偉迅很努力地想要說服自己放鬆，安慰自己即使宅又路痴，相信還是能好好載著大姊完成這趟旅程。然而上路之後，坐在後座的大姊卻一再考驗陳偉迅的腦容量。比如機車剛轉了個彎，沒話找話說的大姊就出招了。

「你喜歡什麼樣的女孩子啊？」

「就……不一定吧，看得順眼就可以了。」

大姊繼續追問：「那怎樣的女孩子你看得順眼？」

陳偉迅被問得背後一寒，「那個……我也不知道。就是看到了，順眼就好。」

「喔，你們現在的年輕人很重視感覺？要感覺對了才會在一起對不對？」

其實陳偉迅也不是很明白大姊這所謂的「感覺」是什麼，不過爲免她繼續追問，他只好趕緊說：「對啦。感覺很重要。」

然而，即使他都預料到了後續，且這樣事先防範了，竟還是逃不出大姊的魔爪。

只聽她十分愉快而熱情地說：「那這樣，過幾天我想辦一場聯誼，裡面有很多女孩子喔，你要不要一起來？說不定會遇到你感覺對的人。」

這眞的是逃不掉也避不開的永恆大哉問啊！陳偉迅都能感覺到自己的嘴角抽動了起來，半天才吐出一句話，「我……應該先不用。」

大姊換上有些惋惜的口氣：「眞的嗎？機會很難得喔？這次要來的女生都很漂亮喔，還有很多一流大學的，就是你們說的那種氣質正妹喔！」

其實要說他完全都不心動，那當然是不可能。只是一想到負責約的人是這位大姊，他內心的不安瞬間就勝過了心動。

不知道為什麼，他總是覺得這些中老年人擅長將事情搞砸。所以即使大姊這樣鍥而不捨地推銷，他還是堅定地拒絕。

「沒關係啦，我其實沒有這麼急著交女友……」

現在比起交女友這個問題，其實陳偉迅更擔心的是走錯路。在大姊喋喋不休的問句下，陳偉迅毫不意外地發現自己好像偏離了導覽手冊上的路線，到了一條既熟悉卻又陌生的路上。

他努力辨識著周遭景物，身後的大姊卻對兩人陷入的困境渾然不覺，繼續說著：

「我跟你說，交女朋友就是要趁年輕，愈老愈難找到，大姊我看得多了，很多年輕人都像你一樣，一開始鐵齒，不願意認識，結果三十幾歲還結不了婚。」

陳偉迅一面接受著大姊的轟炸，一面破釜沉舟地決定自己不能再依靠導覽上的地圖。他先將機車停在旁邊，打開手機的導航功能，試著找到正確的路。

大姊發現自己的話沒有得到回應，加上機車又停在路邊，好奇地伸長脖子想看陳偉迅在幹麼，結果看了半天也沒看懂。

「少年仔，我們現在停在這裡是在等什麼？已經到了嗎？這裡就是你要帶我來的景點？」

陳偉迅看了看四周，這是一條筆直的大馬路，怎麼看都不像是有景點的樣子，他頓時覺得大姊其實也有點天眞。

不過自己迷路的事情畢竟是不能暴露的，不然多損他的專業形象？所以他最後看了一眼手機上的地圖，確定了正確的方位後，就立刻收起手機，並且想出一個十分冠冕堂皇的說法。

「我是要去一個很少人知道的地方啦，很多年輕人都會去那邊，不過因爲比較隱密，所以我在看地址。」

大姊喔了一聲，「這樣喔。北投竟然有這樣的地方，很令人期待耶。」

他原本只是要隱瞞自己迷路這件事，所以隨口瞎扯了一個停車的理由，沒想到卻意外岔開了大姊的話題，又讓他學習到一招對付中老年人的新招數。

不過當機車到達旅遊書上寫的景點時，大姊可就不像剛才一樣好糊弄了。

「阿弟仔，你說的景點就是這裡喔？這裡就水鳥公園啊，我附近的鄰居還有你阿公都知道。」

陳偉迅覺得有些不妙，剛才爲了合理化自己找路的理由，把這裡說得很隱密的樣子，可是既然會被刊登在旅遊導覽書上，那肯定就不會是多隱密的地點。

陳偉迅只好又說：「這裡有很多年輕人！」

然而由於他們前來的時間是平日，又是早上，所以任憑兩人左看右看，不僅沒有他口中的年輕人，連人都很少。

大姊見狀拍了拍陳偉迅的肩膀，「看來你只會玩手機，很少出門玩齁。」

陳偉迅對這番評價無從反駁。就連水鳥公園都是小學寒假跟爸媽一起來的，自從他上國中後就不太願意來這種什麼都沒有的公園了。

他有些尷尬地低下頭，正思考著應該說些什麼來挽回自己的專業形象。旁邊大姊左看右看了一陣，然後就指著那條人煙稀少的步道，說了句：「來都來了，就走一圈吧，我也有一陣子沒來這裡了。」

聽到她這麼說，陳偉迅簡直如獲大赦，趕緊跟在已先邁開步伐往前走的大姊身後。

大姊四處張望著，彷彿在尋找什麼特定的東西，並不在意公園裡的自然景觀。

直到兩人快走完全程時，大姊開口了。

「你想好等等要去哪裡了嗎?這次一定要去年輕人多的地方，這種地方是我們這種老人家會來的啦。」

陳偉迅震驚了。原來旅遊指南上說的景點是老人家才會去的嗎？那些跟自己年紀相仿的人究竟都去哪？這樣一想，他忽然覺得自己好像一點都不符合年輕人的標準。

陳偉迅終於理解旅遊指南對自己並沒有幫助。不過導遊還是要繼續下去，趁著這一小段路，他用手機瘋狂查詢著北投到底還有什麼景點會吸引時下年輕人。

終於，他在眾多網頁中找到了一篇文章。他覺得這個地方肯定就是大姊追求的，年輕人聚集的地方。

他自信滿滿地收起手機，給了大姊一個微笑。

「包在我身上，這次我一定會找一個符合需求的地方。」

大姊雖然覺得陳偉迅這個笑容似乎怎麼看怎麼不可靠，不過她還是決定將這些話暫且嚥回肚子裡，先看看陳偉迅究竟會帶自己去哪裡再說。

□

兩人的第二站，陳偉迅確實找到了方向。他帶著大姊到了地熱谷。

站在地熱谷入口，大姊疑惑地看著那個嶄新的招牌。

「這裡整修後變成這樣了喔。」她的目光中透露著一點熟悉，更多的卻是陌生。

聽她這麼說，他一顆懸著的心頓時就放下了。既然大姊看起來連地熱谷的入口都不太熟悉，多半代表她沒有來過這裡。

陳偉迅覺得心裡那一點信心又不知不覺地回來了，他抬頭挺胸地說：「我們要去的地方在裡面。」

大姊臉上還是有些不解，「裡面？裡面就是地熱谷啊。現在都圍起來不能煮蛋了，沒什麼好玩的。」

陳偉迅聽得一愣一愣地問，「地熱谷以前可以煮蛋嗎？」

「你們年輕人不知道啦。改建前這裡沒有圍起來，是有很多人在這邊被燙到，所以才變成現在這樣，實在很可惜。」

他聽完之後說：「會燙傷人嘛，圍起來也是可以理解。」

大姊白他一眼，「圍起來就沒人要來了啦。以前假日大家都喜歡帶小朋友來這邊煮蛋，自從不能煮蛋後，來這邊的人就少了啦。」

兩人一面聊一面走，渺渺的霧氣圍繞兩人身邊冉冉上升，將彎曲的小徑渲染成一片純白，令人如臨仙境。大姊雖然嘴裡說個不停，眼睛卻很仔細地望著四周景物，專注的目光彷彿穿透了濃重的霧氣，看見了隱藏在水氣中那些曾存在於腦海的無數回憶。如今回憶與現實交錯，已然變得陌生的情景，又使大姊的目光中透出新奇之意。

陳偉迅走在一旁，側眼看著四周，不太能理解大姊敘述的那些過往。畢竟他從來沒有親眼見過那樣的情景，難以想像爲什麼以前的人都會想要來地熱谷煮蛋。如果是自己，這種會燙傷又無聊的活動，他才不會來呢。

他與大姊走了幾步，就到達網路上推薦的目的地。

「到了！就是這裡！」

他們沿著坡道向上走，一棟造型奇特，充滿了設計感的房屋出現在眼前。提供大面積採光的透明玻璃以木條分隔成不規則形狀，給人清爽而乾淨的感覺。

兩人順著台階走進這家店面，店內擺設了許多小東西，兩人匆匆看了一眼，那些多半是一些鑰匙圈、文具或是小飾品之類的商品，隨後大姊一臉疑惑地望向他。

「爲什麼要來這裡？」

陳偉迅被這麼直白的問題問得有些尷尬，「妳看周圍，這邊不是很多年輕人嗎？」

大姊依言看了看四周，確實見到不少小女生在附近，她們大多專注地看著那些陳列的商品。

雖然不是她期望的場面，不過此處的確也符合自己所要求「年輕人多」的地方。

「也是啦，不過我想去男孩子比較喜歡去的地方。」

大姊一面補充詳述自己的要求，一面隨意在店內走動。靠近櫃檯時，一股濃郁的咖啡香味自裡頭飄來，大姊這才注意到這間店面不只賣紀念品，還賣咖啡。

陳偉迅也適時地說：「要不要喝杯咖啡？體驗看看年輕人的生活。」他的目光隨之看向那一、兩張擺在邊上的桌椅，那裡零星坐著兩、三組人，正面向熱氣升騰的白煙，喝著咖啡。

大姊點頭，與陳偉迅在櫃檯點了兩杯咖啡，來到戶外陳設的椅子，一面喝著香氣騰騰的咖啡，一面看著面前那條小道上川流不息的人們。

偶爾從其他客人那兒會傳來模糊的嬉笑聲，但那樣細小的聲音很快就會被來往人潮的腳步聲掩蓋，兩人彷彿進入一個沉靜的時空，沉浸在自己平靜的心靈中。

陳偉迅指著熙來攘往的人群中偶爾出現的一、兩位年輕男子，「這裡還是有年輕的男生過來吧。」

大姊左看看右看看，打量著那些來來往往的年輕人一陣，啜了口咖啡說：「那些人不是台灣人啦。」

陳偉迅有點驚訝，「妳怎麼知道？怎麼看出來的？」

大姊笑了笑，「你外國人看得不夠多。不是所有黑頭髮的都是台灣人啦。」

沒多久，兩名男子向他們走來，經過兩人身邊時，陳偉迅果然清楚地聽見了他們交談的語言是日語。

「你看吧？以前來溫泉旅館的客人什麼國家都有，日本跟美國最多。分辨日本人，我可是熟能生巧。」

他恍然大悟又帶著一點欽佩地點頭，「原來是這樣，這樣說大姊妳滿厲害的嘛。」

「那當然，我這些年的經驗可不是假的。」她又啜了口咖啡，「以前地熱谷旁邊一點還有能泡腳的地方，假日有很多家長會帶小朋友一起來。現在都沒了。」

陳偉迅接話，「雖然這裡現在不能泡腳了，可是北投最有名的還是溫泉，尤其地熱谷改建後，在網路上也被很多人推薦。」

他必須特別解釋這一段，以表明這可是他特別上網查的地點，而且還有很多人推薦，如果大姊不喜歡，肯定不是自己的問題，是那些推薦的人眼光太差！

「那是你沒有看過以前的北投。比現在不知道要熱鬧多少倍。」陳偉迅喝著咖啡，企圖想像大姊說的那些過去，無論是人們圍成一圈煮蛋的樣子，或者是那個在人們口述中聽來像是人間仙境的北投，每一樣他都無比陌生。

他指著一群站在欄杆前面拍照的人們，那當中有著與大姊差不多年齡的人，也有年輕人，唯一相同的是他們都拿著智慧型手機，熱衷於幫別人或是自己留下身影。

「就算沒有以前熱鬧，但是來這裡拍照的人還是很多耶。看來即使時代再怎麼變化，有些事情還是不會變的。」

大姊看著他視線的方向，沒有回應，仰頭一口氣將逐漸變冷的咖啡喝完，站起身來，「差不多了，我們去下一個地方吧？再來去哪裡？」

兩人出了地熱谷，陳偉迅想了想，覺得網路的評價好像也不可信，只好結合自己所有的知識，好不容易才從腦海中搜尋出一個地方。

「去新北投車站吧？妳去過了嗎？」

果不其然，大姊搖頭。由於車站是近幾年才搬回來的，她雖然想著要去看看，卻一直沒有去。

這回，陳偉迅為終於靠自己的力量選對了景點而感到高興，他興匆匆地載著大姊前往新北投車站目前的所在地。

一到目的地，兩人遠遠就看見那棟醒目的建築。

對他來說，那看來復古的造型顯得十分陌生，不過對於站在他身邊的大姊顯然並非如此。她看見那搬遷了兩次，才終於來到此地的屋舍，透露出的情感就如同火苗，照亮了一向平靜的雙眸。

歷經歲月淘洗的建築雖然有些地方損壞了，有些地方因為修補而失去了記憶中的細節，但看見它的那一剎那，還是給予經歷過那個時代的人們，彷彿時光回溯般的震撼。

那個一去不復返的年代……大姊閃爍的目光中不知藏著的是哀愁或者失落，她站定凝視著面前的建築，身軀卻彷彿與那陌生而老舊的建物融為一體，於恍惚中逐漸消失在陳偉迅眼中。

他驚駭地眨了眨眼睛，才發現那一切不過是自己的幻覺。

陳偉迅終於忍不住出聲，打擾沉靜在自己世界中的大姊。

「我們要不要走近看看？」

思緒被打斷的大姊這才如忽然驚醒般，露出有些不好意思的神情，「好，我們快過去看看。」

走近那棟獨自屹立在空地上的建築，淡淡的木頭香氣迎風飄來，陳偉迅在那陣香氣中嗅出了一種嶄新與腐朽混合的氣味，就像是過往與現今重疊後發酵的氣味。

隨著兩人愈走愈近，建築的形貌也更加清晰地呈現在兩人面前，大姊停在進入車站的門前方，躊躇不前。她的眼底倒映著溫潤且柔和的輪廓，影像蓋過了閃爍的光亮。

陳偉迅不解地看著大姊，「大姊，妳幹麼站在門口？」

大姊回過頭，口氣中罕見地有些不自信，「裡面應該跟以前不一樣了吧？」

這個問題問陳偉迅是沒有意義的，畢竟從前的車站長什麼模樣，他其實沒看過。不過那一剎那，神經一向大條的陳偉迅卻罕見地理解了大姊這問題背後眞正的意涵。

她停駐不前的腳步並不是因爲太過懷念或是害怕面對，大姊看見這棟建築時，內心眞正希望的是停下時間。希望人生停留在回憶中最美麗的那一刻，有五光十色的自己與繁華的社會。

沒有經歷過那個年代的他，不知該怎麼回應這個問題，他感覺自己想了很久，也或許只是幾秒鐘的事情。他們凝望著車站，無法前進。所幸在這個非假日的上午，即使是被排進熱門旅遊景點的名勝古蹟，也沒有太多人前來參觀。

「也許裡面的確改變了，不過大家也都在改變啊。」最後，他只能以這樣的理由去回應大姊對於過往的不捨。

不知道是自己的回答太過奇怪，還是因爲他明明不太懂，卻硬要裝出理解的模樣，大姊竟然眞的因此笑了笑，踏進車站內。

陳偉迅環顧這座如今作爲古蹟保留下來的車站，以他的角度看，已經無法感受到當年車站究竟是什麼模樣，人們又是怎麼在這樣的車站裡通行、生活。

大姊同樣看著周圍，以一種如釋重負般的語氣說：「果然跟以前不太一樣了。」令人不解的是，明明與她回憶中的景色有所差異，她卻反而顯得輕鬆。

陳偉迅也是第一次來到這裡，畢竟對一個宅男來說，參觀這種名勝古蹟還不如在家裡刷一場遊戲來得有趣。

車站內部的空間並不大，光是站在入口就可以將環境看個大概，不過他們還是沿著地上標示的動線參觀車站內部。

清一色淺木紋的裝潢，豎立著幾面牌子，那上面掛著許多黑白老照片，看得出照片中那模糊的背景，正是如今重現在此地的建築。照片裡，人們的五官模糊，彷彿是倒放的影片，連結過往與現在的時空。

大姊站在他身旁，聚精會神地看著每一組照片，之後才指著其中一張說：「我小時候的車站就是長這樣啦，舊舊的，這扇窗戶還破了好久都沒有修⋯⋯」

陳偉迅仔細去看大姊所說的照片，確實發現被稱作老虎窗，突出在屋頂的四扇窗戶，其中一扇是破的。

「破了都不修喔？」

大姊聳聳肩，「那時候的人沒有這麼講究啦，大家都是搭車往返，不會在意這麼多啦。」

「喔。」陳偉迅只能懵懂地點頭，又看著下面一張照片，「以前你們都搭火車上下班喔？」

「也不是啦，不然你阿公就不是機車快遞，變成是開火車了。這條鐵路跟現在的捷運路線是一樣的，有很多人會搭火車來旅遊或上班。」

陳偉迅腦海中依稀浮現大哥大姊們說起過去的北投時，無一不是稱讚這裡的溫泉觀光有多興盛，在那時候爲他們帶來了多少財富。

雖然現在北投也的確與他們所敘述的情景相似，仍然是以溫泉作爲主要觀光特色宣傳，不過要體會他們口中那種繁華且熱鬧的場景，卻不是這麼容易。

他張望四周，這個地方也是旅遊書上推薦的景點之一，然而平日的新北投車站沒有太多人潮，聚集在這邊的，更多是在車站旁銷售文創物品的工作人員。看著這樣的人潮，他著實無法想像這座已然成爲文化古蹟的車站，曾經是車水馬龍的交通樞紐，或者曾經有那麼多人，匯集在這座車站，期待著來北投旅遊泡湯的盛況。

陳偉迅沒有說話，大姊倒是很仔細地將掛在面前的那些照片都挨個看過一遍，其中也不乏對照片中的人物來幾句點評，多半是：「這個髮型那時候很流行！」「這衣服款式，我年輕的時候也有一件同樣的。」諸如此類。

佔地不大的新北投車站很快被兩人繞完一圈，不僅是將裡面每個攤位都看了一遍，大姊還特地繞著這棟由廢墟重生爲古蹟的建築外圍，走了一圈。

她細細看著車站外的每一寸外牆，從用來排水的銅管，到建築上用來裝飾的雕刻，沒有一寸不是她所熟悉的模樣，然而在那之中，卻又有著巨大的不同。

例如那些髒污的痕跡，以及那些鏽蝕的斑紋，都是不可重現與復原的。這是一座乘載無數人們回憶的標的物，然而無論怎麼樣去復原回憶中的場景，卻永遠不可能再現那段歷史。

大姊繞過車站一圈，淺淺地舒了口氣，臉上的神情像是放鬆又像是落寞。

「你覺得，它還是照片裡的那座車站嗎？」

陳偉迅不解地看著大姊，「蛤？什麼意思？」

「雖然看起來跟以前一樣，但是已經不會有人來這裡搭車了。留下的只有車站的外殼，內在與功能已經與以前完全不一樣了……就像是現在的北投。」

陳偉迅對這件事情從來沒有深思過，即使聽大姊這樣講，也不能理解這句話的完整意義。

「改變也不見得是不好啊！改變就是一種進步嘛！很多東西進步了，也還保有過去熟悉的部分。」他硬著頭皮，胡言亂語地回應。

大姊嗯了一聲點頭，似乎很同意他所說的話，卻沒有回答，似乎在同意之中仍然有些無法釋懷。她的目光自建築物上離開，回應道：「也許你說的對，那些改變了的事物，本質也還是一樣的。」

陳偉迅鬆了口氣，正想著這樣算不算是已經完成工作時，大姊冷不防拍了拍他的肩膀。

「阿弟仔辛苦你了。其實，我是想趁兒子放假，帶他來北投轉轉啦，但是不知道你們年輕人喜歡去什麼地方，你眞是幫了我一個大忙。」

陳偉迅聽見她這麼說，一方面理解了爲什麼大姊會有這麼奇怪的委託，一方面又覺得自己剛剛那些隨便從網路找來的旅遊景點好像有點敷衍。

禁不住良心的譴責，他主動要求說：「不然我們再去一個地方，雖然不知道你兒子會不會喜歡就是了。」

「好啊！」大姊毫不猶豫地點頭，顯然對一位中年婦女來說，只要有可以參加的行程，她就絕對不會缺席。

兩人又坐上機車，影子被傍晚的陽光拉長，投射在灰色的柏油上，就如同一對與他們結伴而行的旅人，一同朝著目的未明的前方而去。

機車一路轉過不少彎道、岔路，不僅愈騎愈偏離大路，最後甚至鑽進了彎彎繞繞的小巷中。

大姊張望四周，雖然說這裡也不算是她不熟悉的地方，不過她也並不怎麼常來。更令她不解的是，在她的印象中，這邊並沒有什麼特別到會被當作旅遊景點的地方，不知道陳偉迅爲什麼要帶自己來這裡。

陳偉迅此時也到處張望著，還不時從口袋中掏出手機偷看幾眼。進入巷弄後，機車行駛的速度慢了下來，陳偉迅看手機的次數也變多了，他像是在尋找著什麼，不停在巷弄中穿梭。

終於，車子在一棟住宅前停下。

「到了。」陳偉迅再次確定了門牌與周圍環境後說。

大姊有些不解地跟著四處看了看，目光特別掃過面前那棟民宅。

「我們來這裡是要看什麼?」

陳偉迅回頭露出得意的笑容，「我就知道你們老人家一定都不知道這地方啦!」

「說什麼老人家!沒禮貌。」大姊對這個十分屁孩味的說法皺眉，毫不遲疑地就從後頭往前用力巴了下陳偉迅的頭，那雙粗糙厚實的手掌碰觸到安全帽，發出了好大一聲「碰」的聲響。

陳偉迅雖然因爲安全帽的保護並未感覺到痛，卻被這麼大的聲響震得有些發昏。

他瞬間理解了，這位大姊只是看起來比較慈祥，骨子裡面搞不好比自己的阿公還要暴力。

在生命面前，陳偉迅選擇求饒。

「對不起啦大姊，我不是這個意思啦。我是說這個景點很少人知道的啦，是妳想要找的那種，年輕人之間流行的景點啦！」

好在這番話的確引開了大姊的注意力，她放下那隻用來巴人的手，再度到處看了看。

「這裡沒有什麼特別的啊，是要看什麼？」

陳偉迅一手摀在自己的安全帽上，像是怕大姊再度冷不防地巴自己一下，另一手則指著面前民宅的牆壁，「妳看這裡是不是有一幅壁畫？」

「什麼時候牆上有畫這個了？你們年輕人喜歡這種嗎？」

陳偉迅深怕他一時不察又惹得大姊從後頭甩來一巴掌，於是縮著頭說：「不是看這幅壁畫啦。我是說這裡，就是我們現在停下來的這個地方……這個景點在我們年輕人裡很有名，很多人都來這裡朝聖的。」

大姊更是不解了，「這裡？這裡就巷子啊，有什麼好看的。」

陳偉迅又露出那種得意且帶著一點欠打的笑容，「這妳就不知道了，我慢慢說給妳聽……」然而他話說了一半，又忽然想起什麼般停住，他看看大姊，又沉思了一會兒。

大姊不耐地又拍了一下他的頭，這次倒是不太重，「快說啊！」

陳偉迅被打得很委屈，小心翼翼地問：「大姊，妳知道『五月天』嗎？」

「五月天？是跟下雨有關係嗎？」

聽她這樣說，陳偉迅立刻就知道對方肯定不知道這個樂團，他覺得自己和一個根本沒聽過他們歌曲的人解釋得太詳細好像有點多餘，決定換一種說法解釋。

「就是一個很紅的樂團，他們的主唱，曾經在這條巷子告白，所以粉絲們都會來這裡朝聖啊！這裡是屬於粉絲的聖地耶！」

大姊還是有些不解，「所以來這邊是要看什麼？」

這下換陳偉迅翻了一個白眼，「就是看看偶像當時告白的地方啊！感受一下跟偶像相同的感覺啊。」

「你的意思是很多人來看這條馬路喔？」她的眼神中透出一抹不可思議。

「不是看馬路啦！就說是跟隨偶像的足跡，想體驗偶像去過的地方。」陳偉迅對大姊這個態度十分不滿，爲了強調這地方的重要性，又加重了口氣說：「況且妳看這裡還有壁畫啊！聽說是里長找人畫的，好像是主唱喜歡的店吧？」

陳偉迅這麼解釋完一輪，換來的是大姊懷疑的目光，「你也是粉絲齁？」

他愣了愣，然後才回答：「我……是有點喜歡啦。」雖然他的確也私下來過這裡一、兩次，不過，要他對一位長輩承認自己是粉絲這種事情，他還是不太願意。

所幸，大姊今天的注意力並不是百分之百放在他身上，也沒有再過多追問。

「你確定年輕人會想來這裡喔？」她只關心該帶自己兒子去的地點。

「就算不是粉絲，跟他說『五月天』，應該也多少會有興趣吧？」他推測著，不過這個推測其實沒有經過任何驗證。

「喔。愈來愈不了解你們年輕人的世界了。」大姊雖然從頭到尾一臉困惑的樣子，不過倒是特別往門牌上看了一眼，默默記下地點。

陳偉迅靜靜看著那面彩繪過的牆，記憶中以前這裡沒有這些彩繪。曾經自己第一次來到這條巷子時，感覺到跟偶像站在同一個地點的感動，直到現在還記憶猶新。

突然間，他好像能理解那些長輩爲什麼總目光懷念地向自己敘述從前的那些事，也就是在此時，他覺得自己與他們有著同樣的感覺。

大姊確認已記下地址後，拍拍陳偉迅的肩膀，「沒有什麼要看的話，可以走了。」

得到指示，陳偉迅重新發動機車，離開了這個有著他回憶的地方。在大姊指點下，他們到了一家據說是當地有名的老字號小吃，唯一美中不足的是因爲大姊全程指路，所以他並沒有記下那間店確切的位置。

□

因爲昨天一整天，陳偉迅都在陪大姊旅遊沒有回車隊，所以隔天一早，他就準時到車隊報到，甚至爲了彌補昨天他不在的時間，特地早到了五分鐘。

他才剛將代表自己的牌子掛上，就感覺到旁邊有一道帶著寒氣的視線投來，一名中年男人站在排班表旁，正面露不善地看著自己。

陳偉迅在腦中仔細回想著這個人的名字，好像是自己剛來機車快遞報到時，在那些此起彼落討論著自己的大哥中，有這麼一張給人感覺不好相處的臉孔。

可相比起那天，這位站在自己身旁的大哥，今天臉上更是赤裸裸地寫著不滿與憤怒。陳偉迅有些奇怪地迎視他投來的目光，沒想到對方不僅不閃避，反而更是氣勢洶洶地看著自己。

「有必要讓自己的孫子搶生意嗎？都車禍住院了，還搞這些有的沒的。」男人的聲音中帶著一點譏諷。

「蛤？」陳偉迅不解地看著他，好一陣子才意會過來對方在說什麼，口氣也不是很好地回，「我阿公他有責任感，再說我幫不幫我阿公代班跟你有關係嗎？」

「怎麼沒關係？多一個人排單，我接的單不是就少了？」男人再度不耐地說。

「總不能你自己想要賺錢，就不准別人做生意吧？再說也不是我自己想來的……這工作也沒賺多少錢，事情卻一大堆……」

沒想到這句話像汽油一樣，瞬間將男人的怒火點燃得更旺，連聲音都跟著大了起來，「是啊！讓你來做我們這種沒人要做的工作，真是委屈你大學生了。你要是不想來，就不要來啊！還少一個人跟我搶單。」

陳偉迅被他突如其來放大的音量嚇了一跳，一時竟然呆住了，不知要說些什麼。

還是隨後來上班的林大哥聽見兩人的爭執聲，走近了問：「是怎樣了？遠遠就聽見你們在這裡大小聲。」

男人的語氣才稍微緩和了些說：「沒啦，我是覺得阿明平常雖然有在私下接工作，但他多少會讓一點，不像他孫子，不懂規矩。」他說完還刻意瞟了陳偉迅一眼。

陳偉迅也覺得自己很無辜，立刻反駁說：「大哥，我都是按照客戶需要去做的，而且做得用心又認眞耶！」

林大哥一聽就知道問題出在那了，他拍了拍男人的肩膀，「阿峰啊，這事情你不要怪小偉啦，他不知道規矩啦，我忘記跟他說。你一個長輩的，不要跟小孩子這麼計較啦。」

被叫作阿峰的男人從鼻間哼出一口氣，「他不知道，阿明會不知道嗎？也不跟自己孫子講清楚，隨便就把人弄進車隊裡……」

這句話似乎讓林大哥有些不高興，又重重地拍了下他的肩膀，口氣也帶著一些冷硬地說：「阿峰，雖然我們認識很久，不過車行老闆掛的總歸是我，要讓誰過來上班這種事情，不是你要擔心的。」

「我的意思是，是不是有點太偏袒阿明了？」阿峰的臉色沒有什麼變化地說道。

林大哥嘆了口氣，「怎麼這樣說？大家都是一起過來的老兄弟。」

事情發展到這裡，陳偉迅已經完全聽不懂他們到底在說什麼了。只知道這個剛剛對自己好像很有敵意的男人，如今開口閉口說的都是自己阿公的名字，簡直就像方才他爭執的對象並不是自己，而是阿公。

由此，他判斷這位被叫作阿峰的人，肯定是跟自己阿公處得不好。哪個公司裡不會有一、兩個討人厭的同事呢？這些他都在連續劇裡看過，他懂。

林大哥的溫情攻勢產生了效果，阿峰憤怒的口吻稍稍平復，不過神情還是冷冷的，一副別人欠他錢的樣子。

「我也不是故意找事情，只要都照著先前的規矩走，我也沒有意見。」

「好啦，我會跟小偉說，你去忙你的吧。」林大哥話是這樣說，不過現在並沒有電話打進來，所以阿峰也只能坐到一旁，等待電話進來。

林大哥與阿峰的對話告一段落，就拉著陳偉迅到一邊，小聲地說：「小偉我跟你說，我們車行一般來說是不能接私單的。」

陳偉迅不解地看著他，「私單？」

「就是客人私下打電話給你，或者是打來指定要你服務，一般來說是不可以的，你阿公也都會跟客人說盡量不要這樣，你比較不熟悉規矩，我之前也忘記跟你說。」

「可是，大哥你不是說要盡可能完成客人的交代嗎？」

「是這樣說沒錯啦。當然客人如果就是要指名你我也沒辦法，只是我們也要想想其他人，如果客人都指定你，那不是對其他排班的人不公平？」

陳偉迅睜大了眼睛看著他，「所以剛剛那個阿峰就是不滿客人指定我嗎？」

「沒大沒小，阿峰是你叫的？要叫他峰哥。」

陳偉迅雖然被訓斥了一番，卻仍忿忿不平地說：「那個峰哥是不是就看大家喜歡我，不高興？」

林大哥嘆了口氣，「不是這樣啦。阿峰他經濟上比較困難，難免對錢比較看重。你想想看，這幾天你是不是有時候會自己接到客人電話，回來又馬上排到車行的單？以後這樣你要想一想，互相讓一下。」

陳偉迅這才知道剛剛兩人對話中一再重複的「規矩」是什麼意思。雖然他理解了，但想起剛剛對方那副冷嘲熱諷的表情，他還是忍不住要多嘴幾句。

「誰教那個峰哥整天都一副臭臉，人緣不好才接不到單吧。」

林大哥聽著，罕見神情嚴肅地說：「不要亂講。」說著還偷偷看了一眼坐在離兩人稍有距離的阿峰，「他本來也不是這樣的……總之，這件事情是我沒跟你說清楚，大家要互相一下，知道嗎？」

「喔，知道了。」陳偉迅一邊回答，嘴裡還不情願地小聲嘟囔著，「就是有這種不懂反省自己只會檢討別人的老人，社會才這麼不公平啦……」

「你說什麼？」林大哥目不轉睛地看著他。

「沒、沒有啦！」陳偉迅立刻閉上了嘴巴，同時還不忘把話題岔開，「對了，上次我跟輝哥去換菜，你跟那個老闆說了什麼呀？爲什麼他後來就肯換菜了？」

「講到這個我還沒有說你，要不是我剛好路過菜市場，你們不僅換不到菜，說不定還會起衝突。」

陳偉迅倒是振振有詞，「是那個老闆太過分好不好，欺負輝哥眼睛看不見，我當然要幫他出頭啊！」

林大哥又嘆了口氣，「出頭也不是你這種出法的。什麼都沒準備，就跑去找人家理論。」

關於這一點，他事後想想，自己當時的確是有點魯莽，不過他嘴上又不想承認，只好再度拉回話題主軸，「反正事情都解決了。所以說，大哥你當時到底跟那個老闆說了什麼？」

「其實也沒說什麼……你沒有經驗，我跟你說市場是有管制的，那天你們去的那個攤販，他的東西擺得太多太出去了，警察來會開單。我就是提醒他這個事情要是鬧大了找來警察，他賠的錢就多了。」

他聽著立刻反應過來，「那怎麼一開始我說要報警，他就不怕？」

林大哥露出一個賤賤的笑容，「人家看你年紀輕，就是要欺負你嘛。」

陳偉迅看著這個笑容，覺得自己完全就被這群老人看扁了，只好悻悻然地轉身，「靠北，年輕是原罪喔……」回過頭的那一瞬間，陳偉迅清楚看見阿峰向他們投來的目光中有著防備與不信任。比起單純的觀望，他覺得阿峰更像是在監視他與林大哥的一舉一動。

於是，在林大哥看不見的地方，陳偉迅也朝著阿峰狠狠瞪了一眼，作爲一種不甘示弱的反擊。

雖然事後陳偉迅想起這個場景，仍是覺得自己反擊得有點不夠用力。但他還是安慰自己，起碼自己比較討人喜歡，比那個陰陽怪氣的阿峰好多了。

而且他敢肯定，那個阿峰肯定沒有多少朋友。

/第四章

「是喔？阿峰抱怨你搶工作喔？」阿公吃了一片蘋果後說。這次陳偉迅直接買切好的過來，免去了尋找水果刀的麻煩，也迴避了兩人都不太會削水果的問題。

「對啊！我服務比較好，客人當然都找我啊！憑什麼因爲這樣來罵我？他腦子有洞喔！」

他也扠起一塊蘋果，放到嘴裡。

阿公一面咀嚼蘋果，還是口齒清晰地說：「我忘了跟你說，我們的確是有默契如果接了私單，要輪空休息一下，讓其他人也有機會賺一點。」

「爲什麼？我這麼辛苦，整天應付那些大哥、大姊的特殊需求，難道不應該有獎勵嗎？」陳偉迅不僅口齒不清，說到激動處還噴出許多蘋果的碎塊，全都沾到了阿公的被單上。

後者瞟了陳偉迅一眼，伸手拍拍被單，將那些碎屑都拍到地上。

「什麼特殊需求，不會說話就不要亂說。這個行業大家都不容易，有飯就大家一起吃嘛。再說服務客人本來就是工作內容，哪有什麼辛苦！」

「不能這樣說啊！那我比那個峰哥更認眞服務顧客，我賺得多不是正常的嗎？爲什麼要分給他們？」

「我跟這些隊員大家都是老朋友了。我只是來賺個零用錢，可是有些人的確手頭困難，幹麼要這麼斤斤計較。」

陳偉迅仍然不滿地碎唸著，「手頭困難，那不會去做其他工作喔，做這個是能賺多少錢？」

阿公看他這副模樣，忍不住皺起了眉頭，「你這個囡仔怎麼講話這麼刻薄？人家阿峰也是有苦衷。」

他哼了一聲，「有什麼苦衷？我看他從以前就是那種混吃等死的人吧。」

這句話像是觸及了阿公某處逆鱗，本來聲音還算平和的阿公陡然加重了語氣，提高音量，「你不了解就不要亂講！我們以前不像現在可以讀這麼多書，很多人爲了幫家裡減輕負擔，沒有唸書就去工作了。阿峰也是這樣，所以他現在很怨嘆啦。」

陳偉迅聽見阿公嚴肅的口氣，知道自己剛剛有點過分了，沒有拿捏好分寸，連忙將手裡那塊蘋果放下，換上了恭敬的語氣說：「對不起啦阿公，不過峰哥他是有什麼苦衷？爲什麼你跟林大哥都對他特別包容？」

自己實在想不透爲什麼明明是這麼一個到哪裡都一張臭臉的人，提起他來不僅是林大哥，就連自己的阿公都幫他說話呢？

阿公吃掉了手中的蘋果並且放下竹籤，拍了拍陳偉迅的肩膀，「你要自己去了解他啦，一個人究竟怎麼樣，不是聽別人說就可以理解的。我跟阿峰認識也有十幾二十年了，雖然他的個性不太討喜，但不是一個壞人啦。」

眼見阿公並沒有想直接告訴自己的意思，陳偉迅又實在不想再多跟這個阿峰說一句話，也只能敷衍地回答：「好啦，我會多注意他啦。」

阿公聽見這個回答滿意地點頭，「對啦，要多親身體驗，才可以增加閱歷啦。」

陳偉迅暗暗地轉過身翻了個白眼，吐槽的話眼看就要脫口而出，還好在千鈞一髮之際他忍住了。

「好喔。那我先回去準備明天上班，過幾天再來看你。」

阿公對他露出一個算是慈祥的笑容，「上次就跟你說人來就好，不要帶水果拼盤啦，你一天也沒領多少錢。」

陳偉迅看了一眼桌上的水果拼盤，雖然是兩個人吃，不過盤子裡還剩下大半。

「下次再說啦，這個水果你要吃完喔，我特地買的耶！」

他說完，看著阿公臉上那有些僵硬的微笑，愉快地轉身離開病房。想到之後阿公要一個人努力將剩下的大半水果吃掉，自己剛剛因對話產生的鬱悶全部一掃而空。

□

雖然阿公與林大哥言談之間都有替阿峰緩頰的意思，不過隔天當陳偉迅一看見阿峰那副彷彿別人欠他八百萬的表情，心中忍不住又對他生起了不滿。

不知道是不是因為昨天的衝突，今天的阿峰看起來似乎也特別針對陳偉迅。明明休息站裡擺了一排椅子，兩個人非要面對面站在電話旁邊，像是在比誰電話接得比較快一樣。

這樣怪異的氛圍持續了一會兒，一旁坐著的林大哥實在看不下去了，他輕咳了一聲，想提醒他們兩個注意點，卻發現沒有人理會自己，只好從座位上站起來。

「小偉，你過來一下。」

被拉走的陳偉迅還不忘回頭看了阿峰一眼，就在這時，電話鈴聲正好響起。

他眼睜睜看著阿峰嘴角揚起一抹不明所以的微笑，接起了電話。

林大哥把他拉到一處偏僻的小角落，又是那副語重心長的語氣，「小偉啊，你不要跟阿峰計較啦。這件事情算是我的錯，是我沒有跟你們說好。」

陳偉迅看著林大哥這樣，也不好意思再說什麼，「沒啦，我沒跟峰哥處不好啦。」

他嘴上說著違心的話，仍忍不住回頭去看一眼那位被談論者的現狀，卻見對方剛放下電話，貌似是接到單了，要騎車出去。

看到這一幕，他指著阿峰說：「林大哥，我比他先來排耶，峰哥搶單啦！你快罵他！」

陳偉迅這句話說得有些急促，音量也不自覺地放大了不少，引起了當事人阿峰的注意。

「你們不是要說話嗎？我不跑，是要讓客人等嗎？」阿峰回得很理直氣壯，同時不顧陳偉迅還想要反擊些什麼的表情，逕自騎上機車離開了。

雖然剛剛還和林大哥表達過自己沒有跟阿峰處不好，但是就在這短短的幾分鐘裡，他再次覺得自己對阿峰的怒火實在到了無以復加的地步。

他氣勢洶洶地轉過頭，剛想開口抱怨，可一見到一臉尷尬看著他的林大哥，瞬間又吞了下去。

最後他擠眉弄眼了半天，才吐出這樣一句話，「林大哥，峰哥無視你耶！他這樣是不是太過分了？」

林大哥拍了拍他，「你不要看阿峰現在這樣，他也是辛苦人，從小到現在做過很多工作，挑磚、打石……什麼都做過。」

「喔，是喔。」陳偉迅翻了一個白眼，他對阿峰的過往沒有半點興趣，也不覺得這段話中有什麼值得自己對阿峰改觀的內容。

林大哥也發現了這點，又補充道：「他年輕時太操，腳跟腰都不太好了。換過很多工作，後來才來跑車的。」

陳偉迅根本不想知道關於那個人的任何事情，畢竟對他來說，不管那人有多辛苦，都不會改變自己討厭對方那種態度的事實。他考慮著自己該怎麼結束這個話題，手機適時響了起來，於是他立刻對林大哥做了一個抱歉的表情，轉身按下通話鍵。

「喂？阿公喔？什麼事情？」

電話那頭傳來阿公中氣飽滿的聲音，「剛才里長跟我說，今天要幫那個伯伯買午餐，你注意一下時間送過去。」

「可以是可以啦。不過爲什麼這麼突然……」

「你不是在說廢話，不突然幹麼要你送？就是這樣啦，不要讓人家餓到。」阿公說完，不等陳偉迅回應就把電話掛斷了。

他收起電話，轉向林大哥說：「不好意思，我阿公要我去幫忙……」

林大哥點頭，露出一個了解的神情，「我知道啦，你去吧。」

陳偉迅很快發動機車，前去將便當送到伯伯家。這是他第一次在白天看見這片幾乎已廢棄的平房區，老舊的建築物雖然一掃晚上陰暗昏沉的感覺，卻在明亮光線下更加暴露出那些年久失修的破陋，以及被歲月沾染上的髒污。

雖然總比晚上來的時候好一點，但他還是忍不住對敲響那扇破舊的鐵門有些恐懼，彷彿即將從裡面走出的不是人，而是某種怪物一般。

充滿灰塵的門扉因敲擊震動，從內部響起沉重又緩慢的腳步聲，那人踏出的每一步在陳偉迅耳裡聽來，都像是即將倒下的悶響。

即使是如此令人心驚，彷彿稍有不慎就會迎來噩耗的等待，大門最終還是打開了。出現在陳偉迅眼前的，是自己之前見到的那張面孔，只不過比起上次見面時，伯伯好像又更瘦了。

「謝……謝你……」伯伯嘴裡的牙齒幾乎掉光，形成一個空曠透風的洞，那些風聲干擾著語言，而伯伯必須用力咬著每一個字，才能夠將自己想要表達的語言傳達出來。

陳偉迅除了將便當遞向他，又忍不住多說了幾句，「我今天幫你買炕肉便當，有請老闆挑比較爛的。」

伯伯用著混沌的雙眼看著他，眼珠直直地凝視著他，像是看見了他，卻又像是沒有。

「謝謝……你……」從那張嘴裡費力吐出的話語，也仍與之前一樣。

他又看了老伯伯一眼，雖然目前為止，自己與這位老伯伯說過的話，就只有謝謝而已，但他還是說：「伯伯，有沒有需要我幫忙的？我看你好像不太舒服。」

這次老人看了他一眼，沒有回答，拿著便當轉過身，逕自通過長長走道向房屋深處走去。

雖然現在外面是中午，日光正好的天氣，那條通往深處的走道卻是一處陽光照不進的角落，與自己站立的屋外如同兩個世界，幽暗且細長的走道彷彿是通往異空間的道路。

隨著老人逐漸遠離的身影，對方走得吃力的腳步聲再度清晰傳入他耳中，陳偉迅看了一眼還開著的大門，以及那條昏暗的走道，心底幾番掙扎後仍是跟上老人的步伐，並關上了門。

看著老人沉重的步伐，陳偉迅忍不住伸手扶住他孱弱的手臂，「我幫你拿進去，你要在哪裡吃？我扶你過去。」

不過那雙混濁的眼睛仍然只是看了他一眼，緩緩說著：「謝謝……」

陳偉迅幾乎要懷疑這位伯伯是不是老人痴呆了，只會說這句話。不過他還是在老人的帶領下，扶著對方來到十分凌亂的客廳。在那幾乎被雜物掩埋的空間中，有一張小桌子，桌旁則有一張椅子。

那是只夠一個人吃飯的桌子，而且也就只有這張桌子與客廳的其他空間不一樣，是乾淨且整齊的，上面還擺放著餐具與一束假花，假花插在白色的花瓶中。

「你要在那裡吃嗎？」他問，見到佝僂著背的老人，細不可察地點了點那顆只到自己肩膀的腦袋，也是這個動作讓他確定，這位只會說謝謝的伯伯，其實聽得懂自己的話。

他將人扶上桌子前方那張有靠背的塑膠椅，並將伯伯手中的便當擺上桌。

「伯伯你家裡有沒有開水？我幫你倒一杯。」

聽見這句話的伯伯顫抖地伸出瘦弱的手臂，指著一片凌亂的客廳角落。陳偉迅隨著伯伯手指的方向看去，那裡堆放著無數的紙箱與塑膠袋。

「水放在那邊嗎？」

疑惑的詢問，得到了點頭的答案。他只好小心跨過散落在地上的障礙物，並且盡量伸長手臂，去撥弄那堆紙箱與塑膠袋。

伯伯的確沒有騙他，陳偉迅在其中找到了一些寫著某議員贊助的杯裝礦泉水紙箱，他拿出一杯放到伯伯吃飯的桌上，這時伯伯已經打開便當，開始吃起那塊他特別挑選的軟爛炕肉。

看著正吃著飯的伯伯，陳偉迅覺得這樣的幫助應該已經足夠，就在他轉身準備悄悄離開時，卻聽見身後傳來一陣呻吟聲。他回過頭看去，卻見到本來好好的伯伯忽然一臉痛苦地按著腹部，整個身體蜷曲在椅子上。

「你怎麼了？」陳偉迅長到這麼大，從沒遇過這種事情，頭腦一片空白，竟然不知道自己應該做些什麼。

還是伯伯喘著氣，口齒不甚清晰地說：「藥……桌上……」

陳偉迅慌亂地翻找著桌面，總算在一個白色花瓶旁看見了一小片鋁箔裝的藥錠。

「是這個嗎？」陳偉迅將藥錠從包裝中取出，放到伯伯眼前讓對方確認，等他一點頭，就將藥餵進他嘴裡，讓他就著水吞下。

吞下藥後，伯伯仍劇烈地喘著氣，像是正忍受巨大的痛楚。陳偉迅在一旁等了半天，正想打電話叫救護車時，卻從那縮成一團的肢體間，聽見了模糊的聲音。

「沒有關係……休息一下就好了。」

他看著伯伯的五官從扭曲逐漸舒展開來的過程，最後在自己的攙扶下，對方重新坐正。

「伯伯你這是什麼病啊？突然這樣嚇死人了。」

那張布滿皺紋的臉上第一次露出笑容，「不好意思……我這是……老毛病了。」

「還是去看醫生比較好吧？我看你好像很嚴重耶。」陳偉迅想起對方剛剛的模樣，心裡不由得還是捏了一把冷汗。

不料這句話卻好像觸動了伯伯的傷心事，他幽幽地嘆了口氣，「我哪有錢……每次都看醫生……」

陳偉迅看了一眼屋內環境，再看看伯伯身上的衣物，瞬間就明白。他想了想，深吸一口氣下定決心般地說：「不然費用我幫你出，你還是去看一下醫生比較好。」

聽見這番話，伯伯抬起頭看向他，那雙混濁的眼睛透出一絲神采，眼中依稀有淚光打轉。

「你一個陌生人……都這麼關心我……我的孩子……卻把我一個人丟在這裡。」

伯伯那張布滿皺紋的臉龐皺在一起，像顆風乾的酸梅，眼看就要落下淚來。陳偉迅趕緊伸手拍了拍對方的肩膀，「伯伯不要難過啦。」一時間場面竟然變成這樣，他也顯得相當尷尬。

被安慰的伯伯卻並沒有止住淚水，反而如同潰堤的水壩一樣，情緒一發不可收拾，「我兒子……我兒子以前很好的……是我不好……是我對不起他……所以他才這樣的……」

陳偉迅根本不知道伯伯說的是什麼，別說理解他話語中所提的事情，單單是要聽懂他的咬字就十分吃力。於是陳偉迅也只能從口袋中掏出衛生紙遞給伯伯，靜靜地聽著對方喃喃自語。

「我兒子小時候……跟我感情很好……可是我沒用……沒有好好照顧他們母子……」

「他一定很恨我……沒有盡到做父親的責任……他到現在還是不原諒我……」

「我這輩子就是喝酒……耽誤了大事……」

伯伯說著，像是忽然從夢境中清醒一般，伸手抓住陳偉迅說：「我這輩子就是喝酒……喝酒害了我一輩子……你千萬不要喝酒……」

陳偉迅被這樣一抓，頓時有些害怕，感覺對方的精神好像不是很穩定，又不好意思甩開他的手，只好一點一點扭動著身體，緩緩後退，企圖跟對方保持一些距離。

「伯伯你不要難過啦，說不定你兒子之後就原諒你了啊。家人之間，總是有感情的嘛！」

這句話一出口，倒是省去了陳偉迅掙扎的工夫，伯伯立刻就放開了他，轉而用手摀著自己的臉，嚎啕大哭。

「他不會原諒我了……我兒子一定不會原諒我……我這麼不負責任……」

伯伯翻來覆去講的都是這些話，陳偉迅一句也聽不懂，不過根據內容也能猜到大概，八成是這位伯伯年輕時做過什麼事，讓家人到現在都不原諒他，所以只能一個人住在這破舊的房屋裡，連個說話的人都沒有。

雖然伯伯的表情因爲眼淚和皺紋顯得十分驚悚，但陳偉迅還是忍不住有些同情對方。這個伯伯看來已經有八、九十歲了，在那瘦弱的身軀上，他彷彿看見了阿公年紀更大時的模樣，不知道哪天阿公跟這個伯伯一樣老的時候，自己會不會陪在他身邊？

想到這，原本準備離開的陳偉迅遲疑了，他再度拍著伯伯的背脊，試圖安慰他。

「伯伯不要這麼難過啦，雖然你兒子不在這，可是我不是很關心你嗎？不然我們先吃飯，把飯吃完再說好不好？」

伯伯抽噎著坐起身子，「你、你是好孩子……」

陳偉迅不知道這個老人家是不是因爲獨居太久，難得有人陪，此刻竟然異常難纏，無論怎麼安慰他都得不到效果，仍然是那張老淚縱橫的臉龐。

「伯伯不要難過了啦……」他實在是受不了自己的多管閒事，明明只是送個便當就可以結束的工作，現在竟然足足拖了快一小時都還沒結束，他表情都僵硬了，困擾之情明顯寫在臉上。

或許是他的心情傳達給了伯伯，對方總算止住眼淚，心情也平復了許多。

「不好意思……耽誤你的時間……」

「沒關係啦！你心情有比較好就好。」好不容易找到可以離開的空檔，他當然不會錯過這個機會，立刻接著說：「那我還有事情，先走了喔，下次再來送便當，伯伯再見。」

這次，他真實地體會到什麼叫作逃跑，比起之前上大姊家作客的經驗，這次無疑更令他無法招架。他頭也不回地奔向那扇光明的大門，一刻也不願意停留，就怕多留一刻，情況又會出現讓人措手不及的變化。

打開大門的那一剎那，陽光再度照亮他的眼前，他感覺自己又甦醒了過來，一掃剛剛在屋內的負面低氣壓。

他正兀自感受著得來不易的自由，視線一轉，卻忽然見到旁邊不知何時走來一位中年男人，對方看到他，起初露出驚訝的神色，隨即像是理解了什麼。

「阿明的孫子齁？來幫忙送便當的對吧？」

陳偉迅愣愣地看著他，「是、是啊。你是？」

「我就是里長啦。」男人說著，朝著還未關上的大門內看了一眼，「怎麼樣？伯伯有吃便當嗎？」

「有吃是有吃啦……」

「怎樣？是有什麼事情喔？」

「我看伯伯身體好像不太舒服耶，不知道是哪裡在痛。」

看著陳偉迅的反應，里長的眼神一亮，不由分說就拉住了他的手，「年輕人，我看你也是跟那個伯伯有緣，來里長辦公室我跟你慢慢說齁。」

在前往里長辦公室的路途上，陳偉迅深深反思起自己究竟有什麼問題，爲什麼總是會被捲入一些感覺很麻煩的事情。

□

「少年仔，你人不錯唷，有沒有興趣加入守望相助隊？你阿公他們也是隊員喔。」

「啊？守望相助隊？」此刻，陳偉迅正端著里長遞給他的茶，驚訝地張大了嘴。

「對啊。就是晚上四處巡邏，看看有沒有可疑人士，你看這裡有照片。」里長說著，指著陳偉迅旁邊牆上貼著的那些照片說。

「你看，這是你阿公，這是我。這個是你們車隊老闆，認得出來吧？」

陳偉迅仔細看著那幾張被放大列印並護貝的照片。照片中，阿公與車隊的幾位大哥站在機車前，拉著一幅寫有「守望相助隊」的紅色布條，里長則站在中間，幾人比著大拇指微笑，看起來像是團隊剛成立時的紀念照片。

照片裡的阿公臉上掛著靦腆的笑容，鬆弛的眼尾擠出幾條褶皺。

「你跟我阿公還有林大哥他們很熟喔？」

「很熟啊。我很多事都會拜託車行，像這個守望相助隊，就是跟他們合作的。」

陳偉迅想了想，好一陣子才有些艱難地開口，「這個守望相助隊……算是委託嗎？」

「沒有啦，是自發性參加的，你阿公跟你一樣，都很熱心啦。」

陳偉迅的嘴角微微抽動，想要跟里長解釋自己並不是他所想的那樣，但是話到嘴邊卻又不知道該怎麼說，只好繼續保持沉默。

也許是陳偉迅沒有給予回應，里長認為他對加入守望相助隊的事情沒什麼興趣，於是換了個話題說：「跟你說剛剛那個伯伯呀，他很可憐啦，小孩都不管他，放他一個人在這邊。」

「不過那位伯伯好像做過什麼事情，他說他很愧疚耶。」陳偉迅補充，以他剛剛聽見的話來分析，他總覺得這位伯伯的事情可能不光是兒子遺棄父親這麼簡單。

他一這樣說，里長立刻露出複雜的表情。

「唉，我早上就是去找他兒子，他也跟我說一些過去的事情……」

陳偉迅立刻好奇地問：「他兒子怎麼說？」

「他說陳伯伯年輕的時候雖然賺很多錢，但整天花天酒地，而且後來還欠了一屁股債。現在他家裡的人才會不理他。」

「這樣啊……」陳偉迅默默地聽著，覺得的確與自己從伯伯那邊聽到的沒什麼差異，「那伯伯之後怎麼辦？」

「也不能怎麼辦，我能做的就盡量幫忙……」里長說著停頓了一會兒，像是有些什麼話不吐不快一樣，「雖然陳伯伯年輕的時候做錯了事情，可是他現在反省了。人生在這個世界上，最親的人就是家人，我還是覺得家庭團圓比較重要啦，過去的事情就讓它過去。」

「嗯……可能是這樣吧。」

里長打開了話匣子，開始滔滔不絕地敘述著自己的看法，「沒有父母哪來的子女？沒有養育之恩也有生育之恩啊。」

「我也是知道的不多。不過那個時候很多人都是這樣的啦，在外面花天酒地。我看他現在這麼後悔自己當年的行爲，也不像是一個完全不顧家庭的人。」

他不知道里長的推論有幾分證據，畢竟他跟這位陳伯伯也是今天才終於說上了幾句話，只能機械式地應和著：「嗯。」

「陳伯伯年輕的時候是開溫泉旅社的。那時候旅社有多賺，你知道嗎？」

陳偉迅側著頭想了想，以他這些天來所聽見的故事，他似乎可以推論出這個問題的答案。

「我聽說那時候北投最發達的就是溫泉，肯定賺很多吧？」

「何止很多。我這樣跟你說啦，那時候比較大的旅社，一個晚上賺的，搞不好就可以買一棟房子了。」

「這麼賺喔？」陳偉迅簡直驚訝得下巴都要掉下來了。

里長似乎發現他有哪裡誤會了，連忙補充，「以前的房價比較便宜啦。雖然也是很賺，但是如果經營得不好也是全部賠掉，就像陳伯伯那樣。」

「他不是喝酒喝光的嗎？」陳偉迅依照自己剛剛聽到的線索，做出了這個推理。

「怎麼可能。」里長對這個答案翻了個白眼，「是因爲後來北投的溫泉業沒落了，所以他的旅社也跟著收掉了。」

陳偉迅喔了一聲，「所以這些都是他兒子跟你說的喔？」

「哪有！有一些是他自己說的啦。」

「那爲什麼陳伯伯這麼愧疚自己沒有養家？溫泉旅社倒了也不能怪他啊。」

「因爲賺錢的時候沒有多關心家庭吧。」里長像是十分有感觸地說：「我遇過很多人，也不一定是這個情況，他們也都很後悔年輕的時候不夠關心子女，等老了才發現跟子女處不好，想彌補也不知道該怎麼辦。」

陳偉迅聽完後若有所思地點頭，總覺得這個情況似乎的確很常見，不僅在大學裡聽過不少同學這麼說，而且好像就是最近，他也才遇見一件很類似的事情……

「很多長輩其實都不知道小孩要的是什麼，所以才會相處不好。」陳偉迅跟著感慨地這麼說。

里長卻搖頭，「你們這些年輕人也不懂父母的心思啦。就像那個陳伯伯，他現在這麼自責，這麼後悔，他兒子知道嗎？」

陳偉迅沒有回答，里長又繼續說：「他兒子連來看自己爸爸一面都不願意，即使想要彌補什麼也做不到啦。」

「這倒是。」陳偉迅只能這樣回答。

「所以說如果有後悔的事情或者誤會就要快點解開，這是里長我活到這年紀的領悟，有時候機會過去了，就沒有了。」里長說了這麼多話，終於端起手中那杯茶喝了一口，然後看向一臉若有所思的陳偉迅。

「所以說你要不要加入我的守望相助隊？找你來就是想說這個啦。」

「不是爲了說陳伯伯的事情喔？」

「唉唷，他那個事情跟你說有什麼用？還是要看老天給不給機會，讓他們父子和好。」

陳偉迅點頭跟著喝了口茶，有點難以啓齒地開口，「關於這個守望相助隊……」

「你現在不能決定也沒關係，回去想想後再跟我說。我們這個很彈性的，就是你今天想來幫忙就來，沒空來也沒關係，就單純掛個名也好，隊伍人多一點，我們里也比較有面子呀。」

陳偉迅完全不懂對方在說什麼，爲什麼掛名就有面子？不過直覺告訴他這種時候自己絕對不能答腔，如果答腔肯定就要被拐走了。

看陳偉迅不答腔，里長伯持續著他的攻勢，「本來我還跟你阿公說好，這個月要他多來幫忙，我可以自己掏錢算薪水給他，想不到就出了車禍，實在很不湊巧。」

里長說著還狀似遺憾地嘆氣，尋求認同地看了一眼陳偉迅，在確定對方有在聽後，才又說：「我跟你說喔，你阿公在守望相助隊裡的人緣很好耶，我們這邊的里民都很喜歡他，口碑一級棒！」

「阿公人緣很好嗎？」陳偉迅的腦中浮現他那張布滿皺紋，正訓斥著自己的臉龐，怎樣都無法將他跟人緣好連結起來。

「很好喔！你都不知道。」里長說著，還換上了一副曖昧的表情，「而且我還聽說有很多『熟女』對你阿公很有想法喔。」

「什麼？」陳偉迅第一次聽聞這件事情，驚訝地張大了嘴巴。

「也是啦。這種事情他大概不會跟你說。」里長露出一個八卦的笑容，「我偷偷跟你說……她們都說你阿公是個帥哥捏。」

「真的假的？這樣算是帥喔？」

「這你就不懂了，男人帥的不是臉，是氣質！」

「什麼？」他十分疑惑。

「就是一種感覺，這種感覺你們年輕人不懂。成熟男人的魅力，只有同樣的人才能明白啦，像是我這樣的。」里長說著，還驕傲地揚起了頭。

陳偉迅隨意地喔了一聲，「那我阿公有喜歡哪一個嗎？」

里長歪著頭，貌似很努力地想了想，「好像沒聽說耶……不過你阿公也是個痴情種啦。」

「蛤？」陳偉迅簡直不敢相信自己耳朵聽見的話，他總覺得，自己最近得知了很多刷新阿公形象的事情，而且那些事情都超乎他想像。

「他很常提起你阿嬤，每次跟你阿公喝酒，一喝醉就講他老婆怎樣怎樣，聽到我耳朵都長繭。」

「我阿嬤……」陳偉迅喃喃自語，「我阿嬤已經過去好幾年了耶。」

「情字這一字啊！」里長露出一副過來人的神情，拍了拍他肩膀，「等你遇到就懂了。」

陳偉迅雖然不是很理解里長所謂情字的意涵，不過當他試圖回想從前阿嬤跟阿公相處的片段，卻怎麼都感覺不出原來兩人的感情有這麼好。

他只好半信半疑地應了一句，「那我阿公有沒有跟你說，他喜歡我阿嬤哪裡？」

「你阿公是什麼事情都藏在心裡的人啦，哪會跟我說？」里長的話語停頓，「不過他喝醉的時候常常說：『我不夠出息，沒有給老婆過好日子。』」

接著他又像是有感而發地說：「其實這也不全都是你阿公的錯啦，這個行業會沒落，當時又有誰料想得到？」

陳偉迅一直以爲只有身在這個行業的相關人員才會在談起這段往事時，露出這種懷念又哀傷的神情，想不到就連當地居民說起這件事情，也是差不多的反應。

彷彿在這些人心中最深處都存在著一個希望，明知不可能實現，仍然不能停止地盼望，期待有一天時光能夠倒回，回到那個他們所懷念且熟悉的時代。

而陳偉迅其實並不能理解，那樣的過去對這些雙鬢已花白的人們來說，究竟意味著什麼。

「以前的北投這麼好嗎？」

里長看了他一眼，眼神像是在說他問了一個蠢問題，「不是以前的北投好，而是那時候的北投支撐了一個年代。」

陳偉迅疑惑地看著對方，「可是年代會過去，你們也生活在現在啊？」

「不是這樣說的，你阿公跟我啊，人生最精采的事，都發生在那個時代，所以才會特別感慨吧。」

他仔細想了想，雖然這樣的概念有些模糊，自己卻好像理解了。就像他偶爾也總是會回想起自己小時候，阿公與阿嬤疼愛他的模樣，那是他最懷念的時候……

而那時候煮菜給自己吃，送自己玩具的阿嬤，現在也已經不在了。

□

「林大哥我回來了。不好意思喔，我剛剛去幫一個伯伯送便當。」

陳偉迅一回到車行，見林大哥正坐在他固定的位置上抽菸，立刻一五一十並充滿歉意地將自己剛剛發生的事情報告給他知道，唯恐這位車行老闆對自己的印象不好。

不過林大哥臉上並沒有露出不愉快的神色，還是一如往常親切地朝他招手，然後將手上的香菸捻熄，帶著微笑，愉快地說：「沒事啦！我們這邊很自由的，沒有這麼拘束，臨時有事情離開也沒關係，只要不是一次接好幾單，我都不會管啦。」

聽他這樣說，陳偉迅才放下內心的忐忑，但是轉而又想起了之前一直徘徊在內心的疑問，「那……林大哥，你知道爲什麼阿公讓我一定要準時來排班嗎？」

這個問題讓林大哥臉上的神情陡然一僵，緊接著露出一副像做壞事被抓住了的神情，一面揮著手一面走開。

「這個你去問你阿公啦，你們家的事情不要問我。」

這麼明顯有問題的反應，讓陳偉迅立刻追問：「林大哥你一定知道，跟我說啦，到底是爲什麼我阿公要教我到車行代班？我阿公是不是隱瞞了我什麼事？」

林大哥被他抓住，也只能不甘不願地轉過頭來，面對這一連串的問題。

「你不要把自己阿公想成這樣子啦。他是怕你沒有社會經驗，畢業了不好找工作，才先讓你來我這邊做看看，當作是社會實習嘛。」

陳偉迅想起自己前段時間戰戰兢兢的心情，又想到自己這麼認眞就怕打壞阿公的名聲，還因爲這樣做了很多平常不會做的事情，結果現在卻告訴他這一切都只是實習？一時間心裡委屈與憤怒交雜，他忍不住口不擇言地說：「什麼社會實習啦！社會實習也是去公司實習啊！」

「你這樣說就不對了！不管做什麼工作，態度都是很重要的，如果態度不好，就算學歷再高都沒有用。」林大哥因爲他的一番話，臉色有些不好看。

「我不是這個意思……對不起。」陳偉迅還想要解釋，但是腦袋轉了幾遍，卻都無法表達出自己完整的意思，最後只吐出了道歉的話語。

林大哥看他的臉色確實頗有歉意，也放緩了語調說：「小偉啊，不是大哥要凶你，但是我們也不是來玩的。你可能覺得就是一群老人無聊在打發時間，但是這份工作給了我們生活的意義，起碼每一個隊員都很認真，想對北投有一些回饋，留下一些存在過的痕跡。」

「無論是你阿公還是我，或者是每一個在這裡上班的隊員，都有一個基本的要求，要有責任感，抱著熱心服務的心態，不是什麼阿貓阿狗都可以進來車隊。」

這是林大哥第一次這麼嚴肅地對陳偉迅說了這麼長的話，他除了震驚外，不知怎麼又聯想到阿公反覆提醒的背後，那些沒說出口的話語，也許就是爲了這份理念。

想到這層的陳偉迅，更是對自己剛才的發言感到羞愧，他深刻理解到原來自己不曾眞正了解這份職業，以及每一位車手堅持下去的理由。當然，他也從來不曾聽聞阿公跟自己訴說過這份工作對對方的意義。

「眞的很對不起，是我剛剛太白目了，我沒有那個意思，我保證不會再這樣說了。」再一次，他誠心地向林大哥道歉。

「我知道你不是有意的，年輕人都比較衝動。我只是想讓你知道，雖然我們這個職業說不上體面，但也是一份實實在在的工作，你阿公找你來代班，是他認為該有的負責方式啦！」

「我知道了。」陳偉迅贊同地點頭，可轉念一想，他似乎發現了什麼問題，「不過林大哥你剛才好像不是這樣講吧？不是說是為了給我社會化的練習嗎？」

林大的表情再度一僵，「這、這種問題不要深究啦，你只要知道你阿公跟我，還有這邊的所有人都很認真工作，這是一份很重要的工作就好了！」

眼看林大哥的表情恢復如常，剛才襲來的內疚與驚懼消退，陳偉迅又恢復以往那副沒大沒小的模樣。

「好啦！我知道了。不過打個商量……我以後晚點來，你幫我掩護，不要跟我阿公講可以嗎？」

「去問你阿公啦，我不知道。你們的事情我不管。」

陳偉迅仔細在腦中評估了這件事情的可行性，他覺得以阿公的個性，大概不會同意自己的要求，而且提起之後他猜測阿公可能會比以前更常打電話過來監督自己有沒有好好上班。

雖然理性分析起來，和阿公提起這件事沒有好處，但這一切預想卻無法阻止他內心感到被欺騙的不平，他還是無法放下要去跟阿公抗議的念頭。

當他還兀自沉浸在腦內的盤算時，耳旁響起熟悉的引擎聲，是有隊員跑完單，又回來排單了，這再熟悉不過的聲音沒有引起陳偉迅太多反應，倒是之後出現的男聲，令他抬起了頭。

「跑完私單就回來搶生意？搞不懂阿明既然有這麼多客人，為什麼不乾脆自己做就好，還要來車行佔位子。」

說話的不出意料就是阿峰，或許是因爲這次主動挑釁的不是陳偉迅，林大哥罕見站起身來，皺著眉頭說：「阿峰啊，你有什麼不滿跟我說，我哪次沒有幫你處理？不要對一個小朋友這樣啦。再說你跟阿明不合，也不應該遷怒到小輩身上啦。」

陳偉迅鄙視地看了他一眼，無視擋在兩人中間的林大哥，也以一種陰陽怪氣的口吻說：「招不到客人還推到別人身上喔？難怪混成這樣。」

林大哥聽見陳偉迅說的話，轉過頭來看了他一眼，眼神中帶著責怪，口氣卻並不怎麼嚴厲，「小孩子年紀輕輕的說話不要這麼衝啦，小心以後得罪人。」

陳偉迅本來還想回嘴，接到林大哥投來表示閉嘴的眼神後，硬是將到嘴的話語吞了回去。

有了林大哥鎮場，阿峰說話也收斂許多。他被小小訓斥了一番，卻也沒頂嘴，只說：「我哪裡會跟阿明有什麼過節，我一向是對事不對人，你應該最清楚了。」

林大哥嘆了口氣，「你這個態度最好也改改，臉不要這麼臭啦。」

陳偉迅覺得林大哥這番話說得實在中肯，畢竟以一個顧客的角度來說，誰會想整天面對一個臭臉的服務人員？但是以他對阿峰的了解，像對方這種不懂得反省自己的人，肯定是聽不進去，只會反擊。

不過讓他失望的是，阿峰不僅沒有反擊，反而露出一副好似有些傷感的神情，「沒有辦法，我苦命人，笑不出來。」

聽見這句話後，林大哥對他的態度又軟化下來，只說了句：「一個人一款命，你不要想這麼多啦。」

陳偉迅被他們兩人這種莫名其妙的互動搞得一頭霧水，可礙於阿峰還在場，他也不好意思直接問林大哥。

一時間竟然三個人都不發一語，現場陷入一陣尷尬的沉默。

陳偉迅四處張望了一番，從喉嚨硬是擠出一聲：「啊！那個……」

林大哥率先轉過頭來看他，「怎樣？」

「我今天聽到別人說，很多大姊喜歡我阿公喔？」

兩人對面的阿峰眼光中明顯閃過一抹不屑。

林大哥則是說：「阿明喔？算是吧，很多女客人都滿喜歡他的。」

這回答讓阿峰噗哧一聲，笑得有些嘲諷，「他問的是有沒有人暗戀阿明啦。」

「暗戀喔？」林大哥歪頭想了想，「好像沒聽說耶，但阿明不是很愛他老婆嗎？」

陳偉迅大吃一驚，「連你們都知道喔？」

林大哥賞了他一個白眼，「廢話！也不看看我們認識幾年了？有跟他喝過酒的人都知道，這都公開的祕密了啦！」

「都是我阿公喝醉了，自己說的喔？」

「他自從跟你阿嬤在一起之後就那樣，只要一喝醉就找老婆，受不了。」看起來林大哥對阿公喝醉酒後的表現十分不能接受，說話的時候連眉頭都皺起來了。

而且這還只是開始而已，就像被打開什麼開關一樣，林大哥滔滔不絕地說著：「我跟你說，你阿公喔，酒量有夠差的啦，我們一群人還沒喝一輪，你阿公就醉了，然後就拉著同桌的，硬要講他跟你阿嬤的愛情故事。」

「有夠煩的，你都擺脫不掉他喔，他會追著你一直講。」對面的阿峰還冷不防地補了句：「而且很肉麻。」

「也不能說肉麻啦，但是跟阿明平常那個形象眞的是不搭。平常一個這麼男子漢的形象，想不到喝醉了變那樣。」

陳偉迅聽得一愣一愣的，簡直不敢相信。自己從未看過阿公喝醉後的樣子，但光聽他們敘述就有種顚覆他認知的感覺，好像以前認識的那個嚴肅的阿公是假的一樣。

不過最令他震驚的還不是這些，而是林大哥接下來說的話。

「你知道你阿公是怎麼認識阿嬤的嗎？我跟你說，這件事情那時候在車行很有名喔，很多人都知道。」

「什麼？」他有些混亂，一時之間無法處理這麼多外來的新訊息。

「那時候你阿嬤在柑仔店工作，結果你阿公每天都搶著幫柑仔店送貨……就這麼送著送著，兩個人就熟了，然後就戀愛了啦。」

「那時候你阿嬤可是車隊裡公認的女神喔，很多有接觸的隊員都暗戀你阿嬤耶，結果被你阿公搶去。說來說去就是人長得帥啦，沒辦法。」

阿峰哼了一聲沒有說話，看來是勉強同意這句發言。

「所以我才說你阿公很煩，他們這段故事誰都嘛知道了，還要拉著人一直說、一直說，而且每次都說一樣的，誰會想聽。」林大哥繼續說。

「我……我都不知道有這種事情，阿公都沒有跟我說過……」陳偉迅覺得自己現在就像是被資訊淹沒的無助之人，除了表現出震驚外，也想不到其他語言。

「他會害羞啦！你不要看你阿公現在話這麼少，他以前把妹的時候會講的咧，一套一套的喔，所以才娶到你阿嬤。」

陳偉迅明顯感覺出林大哥訴說的語氣中好像參雜了一些不滿，彷彿他也是那些輸給了阿公花言巧語的追求者之一。

「而且你阿公以前還很會搞浪漫。跟你講一個很有名的，他之前半夜跑到你阿嬤家樓下，唱情歌給她聽，整條巷子的人都跑出來看了。這種事他不會想跟你說啦。」

「看不出阿公那麼悶騷……」這是陳偉迅聽完後的感想。

阿峰在一旁哼了聲：「都是騙人的把戲。」

林大哥忽視阿峰的吐槽，看了一眼陳偉迅，「小偉你有沒有女朋友？」

陳偉迅的大腦還在吸收與阿公有關的訊息，被這突如其來的一問打亂，本能地回答：「沒有啊。」

然後就看見林大哥臉上露出一個憐憫的表情，拍拍他的肩膀說：「要加油啦，難怪你阿公這麼擔心你。先不說賺錢，我們在你這年紀，女朋友都交過四、五個了。」

陳偉迅扶著額頭，覺得自己已無法再跟這些人溝通了，他只想逃離這個傷心地。

正巧，休息站的電話鈴聲又響起，他果斷地以最快的速度衝到電話旁邊，只求盡早脫離這些古早時候的「現充」。

/ 第五章

「阿公你是不是騙我？明明是自由排班，爲什麼跟我說八點前要到？」病床上的阿公冷冷地看他一眼，邊扠起一塊鳳梨放進嘴裡，「這怎麼能說是騙呢？而且你晚去，也只是在家裡打電動而已啦！」

「你怎麼能這樣說？我可以睡飽一點！睡眠不足影響健康耶！你忍心看你孫子生病嗎？」

「睡那麼多幹麼？你是豬喔？而且如果你下午才去，早上客人是要找誰？」

「可以給其他隊員跑呀！」

「那不一樣，你是阿公的孫子耶，那些熟客當然是交給親人比較安心。」

他瞟了阿公一眼，「是這樣嗎？眞的不是故意找我麻煩嗎？」

「廢話什麼，你幫阿公做事是天經地義。何況你還有錢領，不要這麼囉唆！」阿公皺起眉頭，是即將發怒的徵兆。

陳偉迅連忙收斂態度，「阿公說的都對。不過起這麼早你可愛的孫子會睡不飽耶，你能不能跟那些熟客商量一下，有事情下午再處理？」

「你說呢？」阿公斜看了他一眼。

他知道再說下去就是討罵了，於是識相地閉上嘴，腦中運轉著有什麼可以緩和氣氛並轉移話題的談話內容。

然後，前幾天聽到那個令他震驚的消息就這麼浮現在腦海，「阿公，聽說你年輕的時候交過很多女朋友喔？」

「你聽誰說的？」阿公冷冷地又扠起一塊鳳梨，不知道爲什麼，陳偉迅覺得他的眼中似乎閃過一抹驕傲。

「林大哥跟我說的。」雖然覺得阿公的目光令人不太愉快，可他還是盡量好聲好氣地說。

「喔，他喔。」阿公嚥下那塊鳳梨：「他以前跟我比賽把妹，還輸我唷。」

又是那種莫名驕傲的口吻。

陳偉迅現在幾乎認定了，沒有女友的單身狗就是沒有人權，不只在路上會被餵狗糧，長輩會催婚，現在阿公還在他面前炫耀！他的內心十分不滿。

雖然如此，但他不能表現出來，只能維持剛剛的口氣，硬是堆起討好的笑臉問：「阿公你有什麼訣竅？教一下啦。」

阿公斜看了他一眼，口氣有點嫌棄，「不出門什麼訣竅都沒有用啦，整天躺在那裡打電動，哪裡會有女孩子喜歡。不改一改齁，作夢比較快啦！」

他本來是想找個輕鬆的話題稍微聊一下，等時間差不多自己就可以離開，卻不想出乎自己的意料頻頻被嘲諷。

他的不滿已經上升到最高點。

「你們那時的女孩子這麼多，現在女生都已經是稀有動物了好嗎！」他終於展開了反擊。

阿公卻只是冷冷地看他一眼，「你不要自己約不到女生就亂講。阿公沒住院前每天都載到很多女孩子啊。」

陳偉迅簡直驚呆了，「什麼？爲什麼我沒遇到？」

「就跟你說要多出門，你才來一個月不到，沒有女孩子想給你載啦。做久一點就有了。」

他十分懷疑地看著阿公，「眞的假的？電話都是輪流接的哪有差別？」

阿公吃著鳳梨，露出神祕微笑：「有喔，之後你就知道了，這裡面的『眉角』很多喔。」

陳偉迅被唬得一愣一愣的，正不知道該回些什麼，忽然瞥見那盤被清得差不多的水果盤。

「阿公你很喜歡吃鳳梨喔？一大盤都快被你吃完了。」

「沒有啊，你看還有蘋果，快吃啊。」

陳偉迅看著盤子裡的蘋果，然後小聲地說了句：「阿公，你是不是偏食……」

「你不要囉唆啦！」

從阿公微怒的臉色中，陳偉迅覺得自己貌似看見了對方迴避的目光。

他不由得一笑，好似又對阿公有了新的認識。

□

阿公的話在陳偉迅心中留下了深深的印記。這天上班時，他特別留意起每個車手接電話的神情，或者是動作，企圖從中破解一些奧祕，或者是發現他們究竟是不是接到了女生的委託。

然而長時間觀察下來，每個人都如往常一樣，既沒有什麼特別的舉動，也沒有什麼不尋常的地方。

他兀自納悶著阿公究竟是不是欺騙自己，冷不防從身後被人撞了一下，轉頭去看，見到阿峰站在自己身後，正臉色不善地瞪著他。

「沒有輪到你就不要擋在電話旁邊，妨礙別人做生意。」他說完，側身閃過一直站在電話旁邊的陳偉迅，逕自接起了發出鈴響的電話。

「要我借過不會用說的喔！你這是什麼……」他指著阿峰，正打算發作，立刻就被在一旁看了許久的林大哥拉住。

「阿峰啊，你也眞是的，事情要用說的嘛，都告訴你多少次了。」他說完又轉過頭對陳偉迅說：「你也是，一直站在電話旁邊幹什麼？」

陳偉迅沒有回答，他的目光飄過阿峰，見對方仍一臉如常，彷彿什麼事都沒發生般，甚至根本沒有回答林大哥，電話接完就轉身離開了，一副根本不把兩人放在眼裡的模樣。

「林大哥，你看！不是我找他麻煩喔，是他一直找我麻煩！」他怒氣沖沖地說：「眞的是沒有見過這麼小氣的人耶，不過就是之前搶了他幾單，那一點錢連買一款遊戲造型都不夠，至於記恨成這樣嗎？」

這句話一出，阿峰立刻轉了過來，音量稍大，十分冰冷地說：「是！沒多少錢，但對我來說，那是救命的錢！你不過就是有個好爸爸、好阿公，才能說這種話。」

陳偉迅原本確實十分反感阿峰的行爲，但突然被他這樣一說，卻愣在當場，好半天都說不出話。

林大哥見狀，看了阿峰一眼，又一面去拍陳偉迅的肩膀，安慰著：「好啦好啦，你就知道他是這種個性，就不要跟他計較嘛。」他頓了頓，像是有些猶豫，幾秒鐘後才小聲地在陳偉迅耳邊說：「我之前不是跟你說阿鋒他家裡有點狀況，那些錢對你來說也許沒什麼，但是對他來說是很重要的。」

陳偉迅確實明白了林大哥所說的「家庭困難」，但他覺得自己當著所有人的面被阿峰這樣訓斥，還是沒來由的訓斥，實在是太丟臉了，仍是嘴硬地嘟囔著：「是啦，我知道，每個人都有他的苦衷嘛！」

他回頭想想，這類的對話早在之前就出現過，當時林大哥也是用這樣的理由替阿峰開脫，然而直到現在他除了剛剛被阿峰無故訓斥了一頓外，根本沒有看出阿峰究竟哪裡困頓到須要跟自己斤斤計較到這種程度。

就這樣的情況來說，他實在無法如陳大哥所說的去體諒或者同理阿峰。畢竟他與阿峰這個人說穿了根本不太熟，更何況是體諒對方？

林大哥當然明白面前這個小伙子根本沒把自己的話聽進去，只好換了個話題，「我剛剛的問題你還沒有回答。為什麼要一直站在電話旁邊？」

說起這件事情，陳偉迅立刻向林大哥靠近了些，以一種十分八卦的口吻說：「大哥問你喔，聽說有很多女孩子叫機車快遞，是眞的假的？」

林大哥一頭霧水地看著他，「你聽誰說的？」

「我阿公呀！」

他摸著下巴想了想，「要這樣說也是沒錯啦……」

一聽到有人替阿公的說法背書，陳偉迅立刻追問：「所以到底要怎麼樣才能載到女孩子？」

林大哥將目光移到他身上，「你不是就有載過嗎？」

「哪有？我什麼時候載過女孩子？」

「啊你之前都沒有載過女客人喔？」

「那根本不算好嗎！」陳偉迅愣了一下，才反應過來，「等等！所以阿公說的女孩子就是她們喔？」

林大哥斜睨了他一眼，「嗯？怎樣？人家幾十年前也是小姐耶。」

陳偉迅覺得自己眞是被這些年過半百的老人耍得團團轉，賭氣地轉過頭，不想再跟這些人說話了。

也許是意識到這樣的確是有點太欺負年輕人，林大哥伸手拍了拍陳偉迅說：「你也不要這麼沮喪，其實我們偶爾還是會載到女孩子啦。」

陳偉迅哼了一聲，轉過頭看著他，「你是說那些大姊喔？」

林大哥立刻搖頭，「不是啦！是年輕的女孩子啦。」

聽到他這樣說，陳偉迅才消氣了一些，但還是有一搭沒一搭地回應：「是怎樣的妹子？」

「怎樣的妹子……」林大哥嘴裡咀嚼著這句話的意思，沉吟了一會兒才說：「有些學生會請我們接送，還有些年輕的小姐，她們加班回來比較晚，也會要我們載，比較安全啦。」

陳偉迅聽到這裡，反思著自己爲什麼都沒有遇過這些年輕的客人，難道眞的是阿公說的做的年資不夠久嗎？不過，很快他就從林大哥接下來的言談中發現了原因。

「不過通常都快半夜了，你早就走了。現在會留到這麼晚的只有阿峰。」

陳偉迅一聽，心情頓時又惡劣了起來，「所以說他很常載到妹子喔？」

「這個我就不知道了。」林大哥摸著下巴說著，「你可以等放學那個時段，看能不能載到年輕的女孩子。」

他想了想，放學時段能遇到的妹子年紀都太小了，是要坐牢的，而且他本人沒有戀童癖，還是年紀比較大一點的成年人，才比較有發展的可能性。

打定主意，陳偉迅立刻說：「不然這樣，我今天也跑晚班。」

林大哥打量著他，「你眞的要待到這麼晚喔？」

「對啊！」

「你知道阿峰是留到幾點嗎？」

他想了想，雙手一攤，不很在意地，「不知道耶，應該就是比我多留一、兩個小時吧？」

林大哥從鼻間哼出笑聲：「他都待到兩、三點喔。」

陳偉迅驚呆了。

「蛤？爲什麼？捷運也只到十二點多耶？他有毛病喔！」

「不是就跟你說他負擔比較重嗎？」

陳偉迅暗暗在心中算了一下，也就是說扣掉吃飯睡覺的時間，阿峰基本上所有醒著的時間都在上班了，根本毫無休閒娛樂可言。

難怪脾氣會這麼不好，整天擺著一張臭臉。這一瞬間，他總算能夠了解阿峰之所以總是跟自己不合的原因。

雖然這麼長的工時對他來說是很折磨的一件事情，但在經歷剛剛的衝突後，又聽見阿峰竟然天天都是這個時間才下班，突然讓陳偉迅生出了一些好奇，好奇每天都待到凌晨才回家的阿峰，究竟都在做什麼？

於是，他毅然決然地說，「沒問題，我立誓今天跟峰哥同進退！」

林大哥當然不會知道他心裡究竟想著些什麼，臉上浮出有些無奈的神情，「好啦好啦，不過我先跟你說喔，偶爾這樣就算了，不要天天去搶阿峰的生意，多少讓著他一點，他眞的不容易。」

陳偉迅想了想，「喔好吧，我盡量讓給他嘛。」

他在內心做好決定，如果輪到他接電話的時候是男生，就讓阿峰去跑，如果是年輕的妹子，他絕對當仁不讓！

林大哥得到他的保證，神情緩和了一些，看樣子是對他們的糾葛沒有太多興趣，從口袋掏出一根菸，抽了起來。

就在兩人交談暫停的空檔，沉默許久的電話再度發出聲響……

□

陳偉迅騎著機車，來到關渡宮旁邊的廣場。此時大約是上午十點，有些散步的大媽與大伯三三兩兩地在路邊閒晃，還有些人在廣場站定了位置，打開手裡拿著的吐司邊包裝，天女散花般在廣場中央狂撒，不一會兒，立刻引來一群肥肥的鴿子。

鴿子們成群飛來，停在亂撒麵包的大媽腳邊，集體發出咕咕的叫聲，像是祈求著更多麵包，以填飽牠們永遠吃不飽的嗉囊。

近距離觀賞了動物餵食秀的陳偉迅，心情卻並不如那些鴿子這麼快樂。他四處張望，始終沒有找到叫車的客人，最後只能像個呆子一樣，站在廣場中央最醒目的地方，等待對方出現。

不知道經過了多久，一道叫喚聲從他後方傳來。

「你是機車快遞的人嗎？」

陳偉迅回頭，出現在自己後方的是一位比自己年長，但是穿著打扮卻很搖滾的人。他背後揹著黑色的袋子，從形狀看來像某種樂器，戴著一副太陽眼鏡。

「對，是你叫的車嗎？」

男人拿下墨鏡對他一笑，「對啊。我剛剛還在廟裡啦，出來走了一圈才發現你在這裡。其他跑車的一般都不會在這裡等喔，你是新來的對不對？」

他十分驚訝，想不到自己與這人接觸還不到三分鐘，菜鳥的身分已經被識破。不過他轉念一想，會來叫車的大多數都是熟客，雖然這個人的年齡與自己平常服務的客人有點落差，但說不定對方叫車的年資都比自己的工作資歷要久，便也覺得沒什麼好難過的，索性坦然承認。

「我是來幫我阿公代班的。你說跑車的大哥都不會在這裡等，是爲什麼？」

男人笑了笑，將墨鏡戴回臉上，用手指著天上那群不知什麼時候飛起的鴿子。

「你看，很壯觀吧。」

陳偉迅摸不著頭緒，只能點點頭。

然後他又指著地上，「這些也很壯觀吧？」

看著散布著無數白點的地上，陳偉迅終於明白了對方的意思，同時他看向空中還在飛翔的那些鴿子，匆匆地跑離了牠們的飛行範圍。

男人看他這樣子，哈哈笑了起來：「很可怕喔，我之前路過這邊也是被滴到。」

陳偉迅回頭看了一眼悠悠向他走來的人，先是果斷地將車子牽到一旁，確定不會遭受天降鴿糞的衝擊後，才問：「你要去哪裡呀？」

基於他是個路痴，須要花一點時間找路，他覺得當務之急還是得先釐清這問題。

男人沉吟了一會兒，向陳偉迅問道：「你知道新北投站前廣場吧？」

陳偉迅有些迷茫地用手機導航確認後，不甚確定地說：「知道。我帶你去。」

「好。那就拜託你囉！」男人說話間拿起掛在後照鏡上的安全帽戴上，俐落地跨上後座。

陳偉迅還沒看過這麼主動的客人，只能默默跟著坐上機車催動油門，載著男人調頭離去。

男人的心情似乎很好，機車行徑的路程間，陳偉迅不時聽到耳邊傳來男人斷斷續續的歌聲，哼的是一首自己從未聽過的歌曲。

終於在停紅綠燈的時候，他忍不住開口說：「你唱歌滿好聽的耶。唱的是什麼歌啊？我好像沒有聽過。」

透過後照鏡，陳偉迅看見對方在聽到他說的話後，臉上露出誇張的微笑。

「你覺得好聽嗎？這是我們樂團的自創曲，叫作『明天』，我有上傳到影音平台上面喔，可以去找看看。」

陳偉迅驚訝地自後照鏡打量了他一番，隨後點點頭，「好啊。你們樂團叫什麼名字？」

這個問題正問到了男人的心坎裡，他迫不及待地回答：「我們樂團就叫『爸媽總是不在家』，我是主唱。剛剛那首歌就是我們樂團的代表歌曲。我們已經組團三年了，今年是第三年，會推出三週年紀念專輯喔。」

此時正好前方的紅綠燈號誌變換，陳偉迅顧著看路況，心不在焉地嗯了一聲，催起油門車子便往前衝去。

「感覺很厲害耶，我還是第一次碰到玩樂團的，而且是主唱。」

「你不是第一個這樣說的啦，很多人都說我不像音樂人啦！」

陳偉迅分神從後照鏡中看了他一眼，「是不會啦，你的打扮很樂團啊。」

男人臉上露出一抹苦笑，拿掉了那幾乎佔據了半張臉的太陽眼鏡，「他們是說我的年紀很不像玩音樂的啦。」

陳偉迅疑惑地問：「玩樂團還講年齡的嗎？那什麼年齡適合玩樂團？」

說到這個話題，男人幽幽地嘆了口氣，又將太陽眼鏡戴上，「我很多朋友他們大學畢業就不玩音樂了。」

「為什麼？」

「因爲音樂養不活自己，爲了生活，他們都離開了。」他停了一秒，又說：「我現在的團也是找了好久，好不容易才組起來的，中間鼓手還換過兩次。我這個年紀還這麼不切實際，追求夢想的人很少了吧？家裡也對我這種浪漫的性格很頭痛。」

陳偉迅仔細想了想才回應：「追求自己的夢想，感覺很棒啊，人因夢想而偉大！像我就渾渾噩噩不知道要做什麼。」

雖然漆黑的墨鏡擋住了男人的眼神，可是從後照鏡中，陳偉迅還是看見那露出的半張臉上，閃過一抹應該能稱之爲震驚的神情。

「唉，如果大家都能像你這樣想就好了。」良久，男人十分感慨地吐出這句話。

「你要加油，你想，如果五月天當初放棄，華語樂壇就不會有這樣的傳奇了。」

「你知道嗎？我家人聽見我玩樂團，像聽到我殺人放火一樣！」

陳偉迅忍不住露出驚訝的表情：「這麼嚴重？你們家特別保守嗎？」

男人沉默了片刻，才說：「也不能算吧。其實我媽以前也是唱歌的……」

對方話沒說完，陳偉迅就驚訝地插話，「那爲什麼還會這樣？她的音樂靈魂墮落了喔？」

男人笑了笑，「其實是因爲我媽那時唱歌總被人指指點點……你知道那卡西嗎？」

「喔，我知道，是在溫泉會館唱歌的那種，對不對？」陳偉迅腦中立刻反應過來對方是在說什麼，並且連帶想起了一個人。

「不錯喔，看你年紀這麼輕，想不到還知道這個名字。」

「喔，沒啦，我聽一個大姊說的。她以前也是唱那卡西的。說不定你們能處得很好。」

「難喔，你看我媽也是唱那卡西的，但我們一見面就吵架，就爲了玩樂團的事。」

陳偉迅似懂非懂地點點頭，「也是，不過我認識的那個大姊好像很喜歡唱歌，感覺很懷念那段唱那卡西的時光。雖然你媽可能比較不能接受，我想那個大姊應該不至於會這樣。」

「也許吧。」他不置可否地應著。

「對了，剛才風太太沒聽清楚，你再告訴我一次你們的樂團名字好嗎？」

提起這話題，男人便露出笑容：「我們團的名字很酷喔，叫『爸媽總是不在家』。」

「哈哈哈哈，這個太鬧了吧！眞的喔？」

「眞的！你可以上網找，我們還有介紹的網頁！」

「太有才了吧你們！」陳偉迅手握龍頭，肩膀微微顫抖，顯示出他對這名字的喜愛。

「我們好像很合得來喔！週六有沒有空？我們下午在新北投站前廣場有表演，來見證我成爲傳奇的過程！」

「好啊！」

陳偉迅想也不想就答應，雖然那天要排班，但是他不想要錯過名字這麼有趣的樂團。

□

晚上九點，等候排班的車行已經沒有多少人，只剩下自己、阿峰還有林大哥坐在位子上，窮極無聊地泡著茶。

「晚上就是這樣啦，有時候一小時都等不到一個客人，所以大家通常不會留到這麼晚。」

陳偉迅被動地聽著林大哥說話，連續發呆將近兩個小時後腦袋逐漸放空，只留下最基本的回應功能，呆板地附和著所有出現在他耳邊的聲音。

他從七點吃完飯後就跟他們待在這裡，看著隊員紛紛回家，到了九點後終於走到只剩他們三個，其中林大哥還是因爲不放心他與阿峰，特別留到九點後。

一旁的阿峰臉上神情不太好，似乎對於今天留下來輪晚班的人數十分有意見，但終究只看了一眼林大哥，沒有再多說什麼。

林大哥和陳偉迅講完，又轉向阿峰說：「峰仔你也不年輕了，還是多想一點，多找幾條路啦。」

不知是否是聽了林大哥說的話而有些煩躁，阿峰從口袋中拿出菸點燃，深吸一口後神情放鬆下來，才說：「你又不是不知道我的情況，是有什麼好打算的？我這條命就是賤，早死說不定還早解脫。」

林大哥一聽，眉頭立刻皺起來，「整天說這些，實在很晦氣。你這樣運氣都被你嚇走。」

阿峰張嘴吐出一口煙，帶著一點自嘲，「反正我出生到現在都沒有好運。」

這在陳偉迅看來是十分罕見的光景，以往只見到阿峰臉上掛著一副別人欠他八千萬的表情，從來不曾看見對方的嘴角出現任何一絲弧度。然而就在這個漆黑的夜晚，小號日光燈泡照射出來的昏暗燈光下，他覺得阿峰似乎放鬆了戒備，露出心中那塊柔軟的部分。

「你就是一直這樣想才會那麼衰。與其想這些不開心的，不如改天去喝兩杯，把這些都忘掉。」

「喝兩杯？喝兩杯的錢要從哪裡來？」香菸燃燒的煙在白熾光線下反射出氤氳且朦朧的色

彩，彷彿圍在光下的他們都走入了某種奇妙的空間中。

阿峰的聲音在這個既封閉卻又開闊的地方響著，「你也知道，從小我爸就過世了，我是長男，要養家還要養弟妹，哪有閒工夫想自己的事？」

直至此刻，陳偉迅才好像眞正了解了阿峰一些。比起以往那些留在心中的負面形象，他似乎能理解到在這些表象的背後，阿峰是怎麼樣的一個人，曾歷過些什麼。

阿峰手上的菸還燃著，他的聲音也被牽動延續，長長的，就像那些飄散在空氣中的煙霧。

「我都快六十歲了，身體又一堆毛病，現在只能做些簡單的工作，這輩子就這樣了，還能有什麼指望？」

也許是阿峰語氣中的無奈太過眞實，林大哥一反先前態度，只是嘆了口氣，伸手拍拍他的肩膀，過了一陣子才說：「不要這樣啦，只要車行還在，就有你一口飯啦。而且有事情我們這些兄弟們都會幫忙的。」

陳偉迅聽得出來，這是一句十分蒼白的安慰，但從阿峰那沉重的表情中，他也意識到這或許是自己無法理解的世界，是自己從未經歷過的人生。

林大哥將杯中剩下那一點殘餘的茶喝乾。興許是與阿峰再無話題可聊，也興許是覺得兩人之間已經不須要他調和。總之，林大哥拿起掛在椅背上的衣服，伸了一個懶腰，面上帶著倦色地說：「我先回去啦。你們兩個也不要留太晚，晚上比較冷，外套要穿著。」

「好，林大哥再見。」陳偉迅身爲菜鳥，當然是乖乖起立，恭敬地揮手，直到林大哥轉身騎上機車，才重新坐下。

林大哥離開了，其他同事也都下班了，只剩下他與阿峰兩人，氣氛瞬間變得有些尷尬。有了剛才的改觀，陳偉迅覺得自己似乎沒有這麼討厭阿峰了，思來想去他決定趁這個機會與阿峰聊聊，說不定還能化解一下兩人間的誤會。

「那個，之前的事情對不起。是我不了解情況……」

阿峰手中的香菸已經熄滅，轉頭看了他一眼，「像你這種年輕人，是不會理解的。你有經歷過一家人三天只吃一個便當的日子嗎？」

固然陳偉迅確實沒有他所說的經驗，可是聽別人這樣不留餘地否定自己，他還是有些不高興，忍不住回了句：「就算你以前眞的過得很辛苦，可是就像林大哥說的，現在不是都好了嗎？爲什麼要一直去想那些辛苦的日子呢？」

這句話就像是觸碰到了阿峰某塊逆鱗，能夠明顯看出他的表情一變，卻不如以往立刻就發怒，只是皺著眉頭回答：「如果我不是長男，如果我那時候可以繼續唸書，我怎麼會淪落到只能靠這個維生的地步？」

陳偉迅愣了愣，「你不喜歡這份工作嗎？」

「這不是廢話嗎？這種要被淘汰掉，賺不到錢的工作，誰會喜歡？」

不知道為什麼，自己加入車隊前明明也跟阿峰有著相同的看法，也覺得這份工作已經過時了，但是現在聽見阿峰這麼說，他卻打從心中感到不平，彷彿內心有些什麼東西被踐踏了，留下深深的痕跡。

「你為什麼要這樣說自己的工作？難道貶低它你會比較開心嗎？明明還有這麼多人在努力，想把這份工作傳承下去……」

阿峰冷冷地看著他，「那都是嘴硬。還留在這裡工作的人，大多是找不到其他工作，只能將就在這裡賺一份餬口費而已。」

「才不是這樣！他們是想要繼續回饋這個地方，跟守護自己的回憶的人。而且要不是他們一直以來的堅持，我們現在也不會在這裡啊！」

陳偉迅發自內心無法認同阿峰的發言。他覺得自己必須說些什麼，才不會抹煞了阿公他們這麼久以來的理念與熱忱。

阿峰的視線看向虛無的遠方，頭上那盞小燈投射下的光芒反射在那對漆黑的眼裡，形成一個跳動的光點。

「那又怎麼樣？終究是要被淘汰的東西。」他的聲音隨著談話逐漸低沉，最後隱沒在一片黑暗中。

陳偉迅專注地看著對方的側臉，試圖從那雙漆黑的眼中看出一丁點的不捨或遺憾，然而一直到頭上那盞小燈熄滅，阿峰將口袋那包菸抽完，搖搖晃晃地站起身，他都沒有發現任何一點像是遺憾或不捨的情緒。只有那盞熄滅的餘光，轉瞬湮滅在對方的眼瞳之中。

□

清晨，陳偉迅破天荒在鬧鐘響之前睜開眼睛。他抓了抓睡得凌亂的短髮，瞇著眼睛看向窗外亮起的天色，眼神中閃過一絲不甘，又在床上滾了幾下，最後才終於起身洗漱。

他看著鏡子裡自己充滿血絲的雙眼，思緒彷彿又回到那個黑暗的空間，如刺一般無法拔除又無法忽視的不適感梗在心中。也許就是因爲這樣，他罕見地失眠了，整個晚上腦海裡迴盪的都是「終究要被淘汰」這幾個字。

陳偉迅其實很清楚，阿峰說的話並沒有錯。或者說，更多時候他覺得整個車隊中，瀰漫著一種自己無法融入的氛圍，那是屬於他們的時代，而他們的時間永恆停駐在那個曾經的年代之中，一個自己尚未出生也無法觸及的世界。

無論是阿公或是車隊裡的大哥們，他們眼中都有著同樣的神情，那是對逝去的時光感到惋惜且懷念的神情。面對這樣的表情，他有些恍惚，彷彿自己正透過他們看見那些往昔的時光。

可是阿峰的眼神與他們不同，彷彿是一池深潭，將一切都覆蓋在混濁的湖水之下，只有偶爾，像是當時那個四周都暗下的夜晚，他才能見到隱藏在湖底的那一點微弱的光芒。那是所有繁華沉積後，分解四散的光。

他知道那總有一天會消失，然而他卻希望可以做些什麼，哪怕是延緩這樣的進程。他總是希望自己可以延續這一切，無論是那個自己無法觸碰的年代，或者是阿峰眼底黯淡的色彩。

陳偉迅花了整個晚上思索這個問題，卻一無所獲。這是他人生頭一次失眠，也沒有其他事情好做，最後只好提早去車隊報到。

他的車子都還沒停到固定擺放的位置，遠遠地就看見林大哥拿著一個東西，朝他揮了揮。

「吃過早餐沒？要不要吃？」

陳偉迅停好機車一看，發現桌上放了一盒太陽餅。

「怎麼突然有這個？」

林大哥一臉「你在說什麼廢話」的表情看著他，「當然是我帶來的。不要說這麼多啦，等等帶幾個去醫院給你阿公吃，他很喜歡吃太陽餅。」

陳偉迅的臉上閃過驚訝之意，卻仍依言從盒子裡拿出幾個太陽餅，「是喔？我阿公喜歡吃太陽餅嗎？」

「上次說過了，我跟你阿公認識的時候你都還沒出生咧。」

聽林大哥這麼講，陳偉迅沉默了一陣，忽然說：「對了，大哥你開車行的理由是什麼啊？」

林大哥疑惑地看著他，「開車行的理由？這個很重要嗎？」

「重要啊！就像我阿公是爲了服務那些老顧客，那大哥呢？爲什麼會想開車行？」

「你要問爲什麼……我是講不出什麼大道理啦，但我就是覺得現在還有人有這個需求，那我就來做。而且……」他想了想後說：「我也實在不願意這個行業就這樣消失，畢竟做了這麼久，總是有點感情。」

經過這些天與他們相處，陳偉迅覺得自己十分能理解這些人的心情，他甚至覺得自己在潛移默化中與他們擁有了相同的情感與惋惜。

然而林大哥沒有等他回答，又接著說：「雖然是這樣說，可是我也知道，大概等我們這些老人死後，就不會有人記得了。」

這與阿峰的說法一樣，不禁在陳偉迅本就低迷的情緒上又添加了一塊大石。

他想著阿公的臉，還有那些與自己接觸過的客人、車隊裡的大哥們，這麼多人們相互交織在一起的記憶與生活。如果有一天車行消失了，那該怎麼辦呢？又有哪些人會記得呢？

他說不出話，無法直面這樣殘酷的答案。於是兩人只好各自回到習慣的位置上坐下，誰也沒有再開口。

等待來電的時間從來都很漫長，但陳偉迅以前卻不覺得。他想是因爲林大哥總會跑來與自己說話，而且想起那些同樣是車手的伯伯們與自己有著相同目標，就有種說不出的安心與歸屬感。然而今天一切都不對了，正確來說是從昨天阿峰的那席話開始，一切似乎都隱約帶著一股異樣感，縈繞在他心底，揮之不去。

他拿出手機，試圖藉由不斷滑動顯現在螢幕上的畫面，去平復那不知由來卻無法忽視的感覺，但效果卻不是這麼好。看著手機上刷出的那些文字，想起的卻是自己在此工作的意義。

如果這一切都終將消亡，那阿公與自己此刻的堅守又算什麼呢？

陳偉迅麻木地動著手指，那些一閃而過的畫面上有什麼東西吸引了他的目光，他連忙將畫面往上滑，回到那條差點被自己錯過的訊息上。

那是一張團體合照，站在畫面最左邊那位是他的同學，雖然兩人沒到很熟的地步，起碼也維持著遇見會相互打招呼的交情。而另一位在畫面中央，比著中指露出笑容的，就是自己幾天前載到的那個男人！

他仔細閱讀了照片加註的文字，發現同學好像是去參加某個音樂活動，而且很幸運地遇到了樂團主唱一起合照。看著照片裡同學開心的神情，他想起了那天載著這個男人的情景，也想起對方對他說過樂團的事情，還邀請他去聽自己的表演。

陳偉迅立刻點開手機瀏覽器，在搜尋欄打上「爸媽總是不在家」幾個字，不一會兒果然跳出許多搜尋結果，也有不少他們表演的影片。

他隨便點開一個影片，雖然畫質不是很好，卻能夠清晰地看見舞台上正唱得聲嘶力竭的人，他的眼中有著一種光和熱，那模樣與林大哥總是注視著自己的溫和目光相似，都帶著一種堅定而溫柔的力量，彷彿一切困難在他們面前，都不過是小小的阻礙罷了。

陳偉迅看完影片，很快又轉到樂團介紹的頁面。那是一個設計有點陽春，放了很多老照片，並且詳細介紹每個團員生平的網頁。從這個頁面上他才知道，原來自己那天載到的男人，老家也在北投，而且由照片看來，這位主唱以前可能就住在自己常跑的大姊家附近……

他又仔細盯著那些照片看了一會兒，已經不僅是懷疑了，他幾乎確信這個男人與大姊肯定有著某種聯繫，證據就在網頁上的某張照片中，出現了一位外貌和大姊相似的女人，雖然照片中的女人看起來比如今的大姊要年輕得多，可那張臉與氣質就是讓他有種說不出的熟悉感。

他趕緊將手機拿給坐在旁邊一直沒講話，默默喝著茶的林大哥看。

「大哥！你看這張照片，這是那位大姊年輕的時候吧？」

林大哥定睛看了一眼，雖然記憶的年代已經有些久遠，他還是很快就想起來，語氣略帶驚訝地說：「好像是喔！你爲什麼有阿娟年輕時的照片？」

陳偉迅趕緊指著螢幕上第一行自我介紹的部分說：「我是在這個樂團的網頁上看見的，這是他們主唱發的照片。」

林大哥還是一臉疑惑地看著他，「他們主唱怎麼會有阿娟的照片？」

「喔！我想起來了！大姊說她有個兒子……」陳偉迅再次滑動螢幕，將其中一行關鍵的句子指給他，「你看，他這邊寫說，是因爲母親從事那卡西的影響，才想要組樂團的。一定就是這樣子！」

林大哥瞇著老花的眼睛看完那行對他來說有些小的字，又再看了一眼那張因爲年代久遠而顯得模糊的照片，「我不太記得她兒子的長相，但這應該是阿娟沒有錯。」

有了林大哥的肯定，陳偉迅更加確信自己的猜測，那天載到的男人，肯定就是大姊一直煩惱不知該怎麼相處的兒子。

而他也同時回憶起那天載的男人，訴說著自己跟家人吵架時，那種苦惱且帶著一點憂傷的語氣。

不知道他們現在和好了嗎？那天自己告訴大姊的景點，他們有一起去嗎？大姊還是不能理解他的樂團夢想嗎？是因爲怕孩子生活太辛苦嗎？

諸如此類的疑問盤旋在他的腦中，一時間竟然將他剛剛那陣煩悶的情緒都掃空。連他自己都沒有發現，原來在不知不覺中，這份工作已經在他心中佔據十分重要的地位，他對這些客人都產生了類似朋友的關心。

如今意識到這點，陳偉迅點開手機的通話紀錄，想打通電話過去關心一下大姊與她兒子的情況，就在此時，手機突然震動了起來。

「你還在睡覺喔？」電話那頭傳來阿公的聲音。

「沒有啦！我已經在車隊這邊了，什麼事情？」

「剛剛里長打電話通知我，陳伯伯住院了，你最近不用替他送便當了。」

「咦？為什麼，這麼突然？」

「哪有為什麼，就老了啊。本來身體就不太好，又一直不去看醫生，病情當然會惡化。」

聽著阿公的陳述，陳偉迅突然感到有些唏噓。

「就這樣啦，他跟我住在同一棟，我有空會過去看看他。」

「喔好，那我也過去看一下好了。」

「不會有什麼狀況啦，你專心上班。」

阿公交代完最後一句話切斷了電話，陳偉迅腦中卻浮現出那天自己見到伯伯的場景，以及那張流下淚水、想念著兒子的蒼老面孔。

不知道伯伯的兒子會去看他嗎？

□

陳偉迅前腳剛踏進醫院大門，遠遠就見到一個熟悉的身影，拿著一大包藥，沒什麼精神地朝大門走來。

他想也沒想，舉起了手喊：「大姊！妳來看醫生啊？」

對方抬頭看見他，快步走了過來，臉上勉強擠出一個有些疲憊的笑容，「對啊，人有點不舒服啦。對了你在這裡做什麼？來看你阿公嗎？那你走錯棟了喔，這裡是門診耶！」

「沒有啦，我都從這邊走。」爲了怕被揭穿路痴屬性，他立刻轉移話題說：「大姊妳是不是都沒睡好？要多休息耶。」

她淺淺地嘆了口氣，「是啊，我也想多休息啊……」

「怎麼了？」

「是我兒子啦，他跟我吵架了。」

陳偉迅隨即接話，「爲什麼？上次的景點他不喜歡嗎？」雖然他大概知道兩人吵架的原因，但是對於上次推薦地點的評價，他還是十分在意。

大姊搖頭，「不是，你推薦的那些地方很好……說來有點丟臉，我兒子都幾十歲了，還整天要組什麼樂團啦。我因爲這件事罵了他一頓，他生氣到現在，打過去的電話也不接。」她稍微遲疑了一會兒，似乎在猶豫接下來的話該不該說出口，但最終仍接續道：「還是要怪我啦，小時候沒陪在他身邊，他跟我不親，會這樣也不意外。」

「不是這樣的！」陳偉迅注意到自己的語速有些急促，他急著想替那位有著一面之緣的男人辯解，但是話到了嘴邊，卻又不曉得該怎麼向大姊解釋自己知道的一切。

他想也許可以把那個網頁給大姊看？可是眞的這樣做了好像又有點奇怪，總覺得這些事情不應該是由自己向大姊說，況且他們母子之間眞正的問題也不是這個。

陳偉迅思來想去，決定用自己當範例。

「就像我跟我阿公，我有時候也不太想跟阿公說話，因爲他眞的有點囉唆。可是我還是很喜歡阿公的，只是不好表達而已。」

「是嗎？」大姊有些落寞地低下頭，「可是那是因爲你跟阿公常相處吧？我久久才跟我兒子見一次面……他還願意認我這個母親，其實我就已經很高興了。」

聽著大姊將話說到這種程度，陳偉迅的心中也浮現了一個疑惑。

「既然這樣，妳爲什麼還罵他？」

大姊皺著眉頭，似乎想起了什麼不太愉快的事情，表情一瞬間變得僵硬，隨即又恢復成那種刻意的微笑。

「其實，直到現在我還是時常在想，如果當時沒有去唱那卡西，是不是就不會離婚？跟兒子也不會變成這樣。」她緩了口氣，又接續著說：「我知道樂團跟那卡西是不一樣的，可是聽到他想要拿這個當職業，我就忍不住想到自己的遭遇。」

「我對他其實也沒有什麼太大的期望，就是希望他平安、順心地活著。但是樂團這個工作，實在很不穩定。以前我們唱那卡西一場可以抵三天，而且天天都有，但是樂團呢？」

「可是那是他的夢想啊，大姊以前也唱歌，應該知道他的心情吧？他就是喜歡音樂啊！」

陳偉迅十分替她兒子抱不平，不知道是因爲網頁記錄的那些成長點滴中，流露出對母親濃濃的思念，又或是那天他聽見男人那透露著滿滿無奈與失望的口吻。

陳偉迅覺得自己不僅必須幫助他，也得幫他們母子和好，解開那些因爲時間而逐漸加深的心結，讓他們眞正了解彼此。

大姊聽見他這麼激動有些震驚，一時間竟然被陳偉迅的氣勢震撼，半天才吶吶地說：

「雖然曾經也有老闆拿一疊現金放在桌上，就只爲了聽我唱一首歌。可是現在呢？這些都已經過去了。」

陳偉迅從她的語氣中聽出了惋惜、不甘，以及懷念。他知道大姊肯定直到現在也還是喜歡唱歌的，不光是因爲那幅繁華光鮮的景色，而是眞正喜歡唱歌，所以才會在說起近乎消失的「那卡西」時，露出那麼落寞的神色。

明明有著相似情感的兩人，卻因爲彼此經歷的時代不一樣而吵架，陳偉迅覺得這實在是太奇怪了。

他幾乎是不假思索，本能地脫口而出，「那只是妳的想法，沒有試試看怎麼知道會不會成功？」也不管這番話究竟會不會得罪大姊，或者自己適不適合說這些，反正他就是想這麼說。

「也許你說的有道理……我可能要再想想吧。」

這並不是陳偉迅要的結果，如果只是讓大姊再想想，那什麼也無法改變，於是他改口說：

「其實我之前曾載到妳兒子，他們這週六有表演，大姊妳要不要去看？」

也許是因爲之前的話語讓大姊動搖了，她竟然忘了追問陳偉迅怎會知道她兒子，只是有些猶豫地回應：「如果他看見我過去，會不會嫌我煩？」

「哪會！妳就是觀眾耶，多一個觀眾他開心都來不及了，怎麼會嫌？而且妳不好奇兒子上台的樣子嗎？說不定很帥呢！」

大姊的神情有了明顯的鬆動，但似乎還是顧慮什麼般地沉吟著。

陳偉迅更是加把勁地說：「別想這麼多啦，船到橋頭自然直嘛！再說你們現在都吵架了，生氣頂多就是不理妳，會比現在差嗎？去聽他表演說不定能順便和好呢？」

她思索了很久，最後終於下定決心地應允：「好，那我就過去聽看看。」

陳偉迅見她被自己說服，一股成就感油然而生，開心地笑著，「這才對啊！星期六下午新北投站前廣場喔，一定要去喔！」

被陳偉迅的笑容感染，大姊本來掛在嘴角有些勉強的微笑也變得自然起來，「知道了。」

陳偉迅覺得自己這一趟來得十分值得，剩下的就是等他們母子和好了。輕鬆下來的陳偉迅，也不免想到自己這趟來醫院的眞正理由，他看了一眼手機顯示的時刻，雖然跟大姊說話並沒有花去太多時間，但他還是希望能快點回到據點。

他朝大姊揮手道別，「那我上去病房囉，妳記得要去喔！」

大姊也沒攔住他，只稍微放大了音量回：「上班要認眞啊！別讓你阿公操心。」

陳偉迅隱約聽到身後傳來這樣的聲音，不過他並未回頭，而是直接走進了電梯。

穿過走廊，剛踏進病房，他就看見陳伯伯睜著一雙混濁的雙眼，直直地看著門口。

他將自己帶來探病的那袋橘子提高了一些，「伯伯我聽說你住院了，想說來探望你，怎麼樣？有沒有比較好？」

陳伯伯一聽見他說話的聲音，本來混濁的雙眼立刻變得濕潤，「你眞是一個好孩子，眞是好孩子……比我的兒子還要好。」對方話說到這，眼眶中的淚水泫然欲下，像是又要如先前一樣大哭起來。

「伯伯，你先不要難過啦，先吃顆橘子冷靜一下。」陳偉迅實在怕極了他的眼淚攻勢，讓人無法招架。

大概是看見陳偉迅那個爲難的神情，陳伯伯稍微止住淚水，情緒緩和了些才開口：「不好意思還讓你破費買水果給我……」

「不會啦，伯伯我幫你剝橘子，你先吃顆橘子。」陳偉迅從塑膠袋中拿出橘子，剝好交到對方手上，卻見到那對混濁的眼睛直直地望著自己，就像是將自己當成了某個思念的親人一般，內心充滿十分深厚的情感。

經過治療後，狀況明顯改善許多的陳伯伯，也開始向他陳述起自己的過去。

「我跟你說，我以前是經營溫泉旅館的。二十幾歲就娶妻生子，還買了好幾棟氣派的房子……」

陳偉迅專注地聽著伯伯含糊不清的聲音，感覺就像是他每次與那些大哥談話一樣，時間彷彿回溯到了伯伯口中的那個年代，而他試著去想像那些話語中包含的訊息，在腦內建構出陳伯伯的生平。

「……沒想到過幾年後，不只錢統統賠光，還欠了高利貸。後來跑路，拋下妻小離開了家，十幾年都沒回去過。等我回到北投時，發現孩子已經長大，妻子也死了……」

「他到現在還不願意認我。這也難怪……我自己也不能原諒我……」伯伯說到激動處，雖然能夠聽出他聲音中的克制，眼淚卻仍落了下來，「可是我好想念我的兒子，所以才回到以前的老宅，期望他會來找我。」

接下來的話陳伯伯沒再說下去，但陳偉迅多半能猜到，伯伯的兒子沒回來找他。

他只能拍拍陳伯伯的背，不知道算不算安慰地說：「你要快點好起來，身體好了才可以去找兒子嘛。」

陳伯伯的眼淚又一顆顆接連落下，打在那顆他捧在掌心卻一直沒吃的橘子上。

「可是我拿什麼臉面對他？他不會原諒我這個父親，畢竟我拋棄家庭這麼久，賺錢的時候花天酒地，賠錢了就消失……做了這麼多對不起他們的事情。」

雖然陳偉迅也覺得這樣的事蹟要兒子原諒他實在太牽強了，但是看著面前這個瘦弱孤單的老人，還是忍不住安慰他。

「伯伯你不要想這麼多嘛，總有一天你的兒子會放下，會回來找你的。你現在應該多保重身體，起碼不要讓周圍的人替你擔心！」

他覺得自己這番話說得成熟又穩重，肯定是毫無破綻，卻沒料到伯伯聽了僅是嘆了口氣。

「你不用安慰我了。我都知道，也許這輩子都沒有機會了……我沒有留下什麼東西給他，只希望不要給他增加太多困擾。」他的臉上覆蓋上一層陰影，像是將死之人出現在眉宇的喪氣。

這下反而是陳偉迅有些不好意思了，他想自己剛剛的發言肯定顯得很無知，只是聽了伯伯講述的片段，就擅自給予他人希望，根本沒想過自己的發言究竟合不合理，又會對伯伯造成什麼影響。於是這次他是眞正沉默了，因爲不知道該怎麼回應這樣的話題。

靜默在空氣中擴散，伯伯開始吃著手中那顆橘子，咀嚼聲與陳偉迅懸起的心跳重合，在他耳邊回響。以至於當伯伯吃完橘子再次開口時，陳偉迅竟然有一種錯覺，彷彿聲音是穿越了遙遠的距離而來，因在漫長的時空中，一次次傳遞而模糊。

「謝謝你。還願意來探望我這個老人。」

伯伯抬起頭來看著他，那張總是緊皺在一起的臉龐此刻卻舒展開了，像是一株緩緩伸展的芽，鮮嫩的葉片向著陽光挺立。

「這沒什麼啦，我阿公也住在這，順路啦。」他突然有些不好意思地搔了搔頭。

「我從沒想過有一天會有人來醫院探病，畢竟我的兒子都不管我了。可是今天我看見了你，起碼你還願意理我這個可憐的老頭子，我很感動。」

也許是因爲在醫院，伯伯的病況得到控制，陳偉迅覺得對方說起話來顯得流暢很多，竟然一下子把他說得不知該怎麼回應。

不擅應付這種場面的他，只能一遍遍模糊又小聲地重複著：「不會啦，伯伯你不要這麼客氣啦。」

幸好尷尬沒持續多久，門口就出現了一道熟悉的人影，一面緩緩向病床走來，一面喊。

「小偉，你怎麼在這裡？」

陳偉迅回過頭，發現阿公站在他身後不遠處，臉上表情說不出是震驚還是不悅。

他立刻推敲出阿公為何會有這樣複雜表情的原因：肯定是以為他是在蹺班偷懶。

「我有跟林大哥報備過喔，他說我可以出來的，我沒有蹺班喔！」當機立斷，他覺得自己必須先解釋這個問題，以防等會兒阿公又來一頓嘮叨。

阿公聽見他的解釋只是哼了一聲，貌似介於滿意與不滿之間，逕自拄著拐杖來到床邊，將他向外擠了擠。

「那你還不快回去。」

陳偉迅看阿公這副模樣，也只能點頭，揮手說：「那我先走了喔，你們聊。」

陳伯伯微笑地看著他，也舉起手揮了揮：「有空再來看伯伯。」

陳偉迅也笑著點頭，很快走出病房門口。臨走前他忽然想起一件事：這位伯伯看起來情緒一直都很低落，怎麼跟自己聊了一會兒就變成笑咪咪的模樣？這個情緒轉變也實在太快了。

他又仔細推敲了原因，最後決定將這一切歸咎給：孤獨。他聽說一個人如果孤獨太久，連性格都會變得奇怪。他想那位伯伯肯定就是因爲太久沒有跟人說話，才總是這麼鬱悶，而自己正好成爲治癒對方孤獨的解藥。

想到這他不禁感慨，原來孤獨帶給一個人的影響是這麼巨大，於是他當機立斷地規劃起自己往後的生涯，並且在心中默默決定：不能成爲一個孤獨的人。

就從遊戲時多跟別人連線對戰開始。

□

回車行的路上，陳偉迅碰巧遇見阿峰一個人推著機車走在路邊。雖然心中一瞬間閃過乾脆就這樣假裝不認識，直接騎過去的心態，但想起那天晚上兩人談論的內容，他不禁覺得也許這個人眞有什麼苦衷。經過一番良心的拉扯後，他最終還是將機車停在對方旁邊。

「怎麼了？需不需要幫忙？」陳偉迅刻意擺出有些酷酷的表情說。

或許是接近正午的陽光太過刺眼，阿峰抬頭望向他的時候瞇起了眼睛，像是有些吃驚。

「你很有空嗎？不用跑單？」

陳偉迅覺得對方這番話說得有些帶刺，要換作是之前的自己，肯定立刻扭頭就走，但今天他卻出奇地有耐心，只是聳著肩說：「我跟林大哥報備過。啊你到底要不要人幫忙？」

阿峰像是沒料到陳偉迅竟留下來想幫自己，臉色瞬間變得有些怪異。

「不用，我自己推就好。」

他點頭，又對著阿峰觀察了一陣子，開口說：「你這輛機車很舊了喔。」

阿峰臉上再度露出一貫的挑釁神情，「我不像你們有錢買新車啦。」

「這樣喔。這種檔車雖然看起來很帥，不過應該很常壞吧？也滿辛苦的。」

阿峰臉上再度閃過錯愕的神色，彷彿完全不能理解陳偉迅的說話邏輯。

事實上陳偉迅也不能理解，自己到底爲什麼要留在這裡跟一個不好相處的人說這些廢話。

他覺得自己應該說些什麼，來緩解心裡的尷尬，可話還沒有說出口，阿峰的手機卻響了。

「喂？我現在不方便接單，車子壞了。」鈴聲都還沒響過第二聲，阿峰便以迅雷不及掩耳的速度接起手機，並且迅速說完掛上電話。

一直到阿峰將電話收好，陳偉迅才反應過來剛剛的電話應該是客人打來的。他腦中頓時閃過之前自己用手機私下接單被阿峰罵得半死的情景，結果原來阿峰自己也是這樣，心中不免一陣腹誹。

陳偉迅與阿峰大眼瞪小眼一陣，他想自己應該藉著這個機會嘲笑對方一番，可是話到嘴邊又想起那天晚上，在那個黑暗的空間中，他似乎看見了阿峰的眼裡有什麼在隱隱閃爍。

他最終還是將嘲諷的話語都藏回心中，調整了臉上尷尬的神情開口：「我的機車借你，你騎去接單吧。」

阿峰怪異地看著他，「爲什麼？」

「你不是很缺錢嗎？我幫你推車，你可以多賺這一單。」他說。

阿峰的臉色糾結了起來，「我是說你爲什麼要幫我？你有什麼好處？」

「你不是整天抱怨我搶你生意嗎？我現在還你啊，以後不要再靠北這件事了。」

說實在的，陳偉迅確實覺得自己不像以前那麼討厭阿峰了，但要一下子跟對方前嫌盡釋，那也做不到。

阿峰心裡大概也是這種想法，他微微地撇過頭去，聲音有些不自然地說：「不需要。我自己就做得到。」

陳偉迅看著眼前這張側臉，不知道爲什麼想到了阿公。他覺得這些老年人眞的很麻煩，要他們拉下面子好像比死還困難。在他的記憶中，阿公也時常因爲一些小事露出這種表情。

那個瞬間，陳偉迅忽然想起了很久以前的事情。

那時阿嬤還在，每每阿公喝了太多酒回家，隔天被阿嬤唸，阿公就會露出這種有點彆扭的表情。

陳偉迅同時也想起，每當阿公露出這種表情時，其實內心更多的是開心，即使嘴上不承認，但不管這時候阿嬤對他提出什麼要求，阿公都會裝作不情願地答應。

從回憶中回神的陳偉迅拔出機車鑰匙塞給阿峰，並將手搭上阿峰的機車龍頭，「就這樣吧，我推去修車行，你趕快騎我的車去接單。」

被陳偉迅不由分說地擠開，阿峰只能錯愕地看著他。兩人互看了數秒，最後阿峰鬆開了握著龍頭的手，騎上陳偉迅的機車。

「你不要以爲這樣做我就會感謝你。」他仍是很有個性地這麼說。

對此，陳偉迅則是翻了一個白眼，「知道了啦，我也沒有期待你感謝。」

引擎的發動聲響起，陳偉迅推著那輛老舊的機車往前走，隱約聽到夾雜在隆隆聲響中，阿峰的聲音。

「你跟你阿公一樣愛管閒事。」

他並沒有轉頭，只是皺了皺臉，擠出一個不以爲然的表情，嘴裡嘟囔著：「才不像咧。」

引擎聲遠去後，他回頭看了一眼，那道騎著車的背影很快變得渺小，最後淹沒在往復不斷的車流中。

/ 第六章

星期六早上，陳偉迅去找了林大哥，告知對方自己下午要請假，同時也極力想拉攏林大哥到現場，聽一聽那個名字很酷的樂團表演。

雖然陳偉迅是最近才知道這個樂團，不過他還是趁著這幾天把他們的歌都聽完了，不得不說那些歌都非常合他的口味，這讓他更是期待等會兒的現場表演。

發揮粉絲的精神，在等待表演開始前，陳偉迅拚了命地在車隊裡傳教，還爲了增加觀看人潮，公開樂團主唱是大姊兒子這件事，就希望大家多少能夠賣個面子，能多拉一個人是一個，畢竟這麼好的音樂不被大家知道實在太可惜了。

不過也許是年齡差距的問題，陳偉迅到處遊說，最後也只拉到了林大哥一個人，對方還是因爲實在被他纏得受不了，才勉強答應去沾個醬油聽一下。

陳偉迅沒有拉到新粉絲，最後也只能在快開場前，一個人默默跨上機車，前往預定的場地。

他沒有忘記自己這趟的目的，除了是要去幫喜歡的樂團捧場外，還要幫助大姊與她兒子合好。隨著機車行進在筆直的柏油路上，他的心情也逐漸緊張起來，他想像著等等大姊與兒子見面，兩人會是什麼反應？大姊聽完兒子的表演，是否會跟自己一樣被感動呢？又或者還是一如既往地反對兒子組樂團的夢想呢？

如果兩人最後仍然無法互相理解，自己又該怎麼辦？

機車逐漸靠近目的地，陳偉迅內心的興奮也逐漸被緊張覆蓋。他確實很喜歡這個樂團，可以說當自己點開他們的第一首歌時，就成爲了粉絲。他希望這個樂團可以長久持續下去，也希望主唱有一天能夠完成自己的夢想。

他還記得那個貼滿舊照片的介紹網頁上，寫著樂團成立的原因。也因爲那個原因，他覺得一定得讓大姊聽到這些音樂，因爲那是許多思念堆積出的旋律，乘載了太多她兒子想對她說的話語。

到達廣場時，周邊已經圍了不少人，此時台上還只有幾位零星的工作人員來來去去檢查著音響設備。

陳偉迅很快停好機車，鑽進圍成人牆的群眾中。每個人的眼裡都閃爍著光芒，像是期待著等會兒的表演，也可能是因爲正午的日光投射在他們的眼瞳之中，讓他有了一種希望的錯覺。

兩點整一到，主持人拿著麥克風上台。他的年紀比自己一般看見的樂團演出主持人要大，約五十出頭，身上穿著像浴衣的服飾，表情十分嚴肅，感覺似乎有些緊張。

「在這個風光明媚的假日裡，很高興大家可以齊聚在這裡，一起來參加我們這個活動。聽聽我們這些台灣在地樂團，充滿感情的演唱！」

主持人一開口，就透露出一種廟會活動司儀的風格，跟樂團活潑輕快的表演很不搭。陳偉迅心想：這莫非是什麼噱頭？故意請一位表情嚴肅的主持人，是爲了跟等會兒的表演做出對比，增加觀眾的嗨度嗎？

他還沒有思考出結論，就聽見後方人群中有人叫喊，聲音響亮且清晰，即使在麥克風的音量放送下，也毫無阻攔地傳入他的耳中。

「阿弟仔！我終於找到你了！」

陳偉迅回過頭，站在他身後的大姊氣喘吁吁的，髮型與身上的衣服也有點凌亂，看起來像是剛經歷了什麼激烈運動。

「大姊……妳剛剛去跑操場喔？怎麼喘成這樣？」

「你怎麼站在這麼前面？我剛剛爲了找你，在人群裡面鑽來鑽去，擠得我差點喘不過氣。」

「這裡是第一排，視野最好，辛苦一點是值得的。」

大姊撇了撇嘴，似乎想說些什麼，但最終沒有說話。陳偉迅注意到她今天特別穿了一件新衣服，連頭髮都仔細整理過，雖然因爲剛才的推擠有些變形，但不難看出她有精心打扮。

台上的主持人仍滔滔不絕地說著一些諸如地方關懷、景點介紹啊，以及主辦這個活動的初衷是要振興地方云云。

陳偉迅這時候才了解，原來這並不是一個以樂團爲主的演唱活動，而是跟地方合作的表演，目的是爲了推廣北投的溫泉文化以及古蹟歷史。

雖然陳偉迅壓根不知道請樂團來唱歌跟這些東西有什麼關係，但他還是耐著性子聽下去。冗長的介紹終於結束。主持人舉起手，介紹接下來出場的樂團，並且逐漸往場邊移動，將舞台交給了走上來的樂團。

透過剛才的解說，陳偉迅了解了這是一場聯合活動，所以並不是只有大姊的兒子會出來表演，應該會請個兩、三組人馬上台。他不知道大姊兒子的出場順序，只能依序聽下去。

他本來就是個愛聽歌的人，不管是怎樣的表演都可以看得津津有味。可是大姊就不一樣了，第一組樂團的主唱才剛報出自己的樂團名稱：「一包很大包」，大姊就皺起眉頭，小聲對一旁的陳偉迅說：「這樣的名字可以嗎？」

「有些玩樂團的他們比較『前衛』嘛！」陳偉迅只能尷尬地笑笑，說實在的他也覺得這個名字取得不怎樣，不知道前衛在哪，可是看著站在台上的那些成員，感覺年紀跟自己差不多，頓時覺得自己的名譽因爲他們受到了損傷，只好說個一、兩句當作幫年輕人與自己解釋。

所幸這組「一包很大包」樂團雖然名字很特殊，但歌還是很不錯的，而且似乎是爲了配合主辦單位的目的，刻意選了一首比較抒情的歌，跟他們這個「前衛」的樂團名字一點都不搭。

他們開始唱歌後，大姊原本不諒解的目光也跟著柔和下來。她望著台上那些盡力揮動肢體，與從喉間爆發出力量的成員們，專注的神情逐漸浮現出一絲嚮往。

「雖然名字不太好聽，但他們唱得不錯。」歌曲結束後，大姊毫不吝嗇地給予讚美。

「台灣有很多樂團，都很有實力。妳喜歡什麼風格的？我可以推薦給妳。」

大姊被歲月侵蝕的嘴角微微勾起，像是有些勉強地笑了笑，「老了，太久沒有聽年輕人的歌，也不知道現在有什麼風格了。」

陳偉迅覺得這句話在這樣的場合中有種哀傷且突兀的味道，他想起自己曾向大姊解釋過，樂團就像是她曾經做過的那卡西。

可是那卡西已經消失了，或者說已經漸漸在人們的記憶中淡出了。她也再找不到適合自己的舞台，重新向那些老客人展示她的歌喉與熱情。

她會不會懷念從前那些唱歌的時光呢？即使那份工作曾經帶給她傷害，使她這麼反對兒子追逐樂團的夢想，但那會不會只是因爲自己曾經的理想被時間無情截斷而感到不平的反動呢？

這一刹那，在音樂與人群的歡呼聲中，陳偉迅再次覺得自己似乎有些理解這些大哥與大姊的心態。就像如果有一天，台灣的樂團走入歷史，他也會無比唏噓一樣。

他們懷念的都是心中那些觸動情感的碎片，如同自己聽到好的歌曲，心情就會忍不住激昂般，那些都是乘載著情感與記憶的曾經。

只是陳偉迅的曾經還是進行式，逐漸地往前推進，他還在蒐集那些人生重要片段的拼圖，而這些長輩們卻只能回憶著一塊塊的拼圖，還原人生中曾經重要的景色。

思考著這些道理的陳偉迅隔了很久，才終於對大姊說：「雖然沒有表演的地方了，可是大姊還是喜歡唱歌吧？」

大姊轉過頭來看他一眼，又將視線移回台上的演出，「也許是吧。看見他們的表演，我好像又想起了以前的日子。曾經我也是這樣，站在人們面前，唱著一首又一首的歌曲。」

那是無法回去的時光，從大姊那帶著遺憾的眼神裡，陳偉迅很清楚地意識到這件事情。

「大姊還是可以繼續唱歌啊！讓妳的音樂靈魂燃燒起來！」

她笑了笑，但還是帶著些許落寞的神色，「事到如今我可以去哪裡唱呢？而且我也已經好多年沒開口唱歌，老了，唱不好了。」

陳偉迅有些激動地看著她，「就是因爲事到如今，才要唱啊！如果連妳們都不唱了，連妳們這些能夠傳承下去的人都不開口了，它還能被誰聽見呢？我也許不太懂『那卡西』，但我知道如果自己喜歡的音樂再也聽不見了，肯定是件非常寂寞的事。」

大姊愣愣地看著他，也許是從未想過有一天會從這麼年輕的晚輩口中聽到這番話。她的眼睛閃過一抹柔軟，像是藏匿在最深處的核被觸碰了，一時之間竟然無法回應他的話語。

得不到回應的陳偉迅尷尬地想著自己是不是說錯話了。幸好很快就有人幫他化解這個尷尬的場面。隨著台上的樂團不斷輪替，終於輪到大姊的兒子出場。

現場觀眾一片躁動，陳偉迅也立刻爆出熱烈的掌聲與吶喊，希望能吸引台上的人注意他們，主要是要讓兒子注意到大姊的存在。

大姊的目光看向前方，方才眼底那一抹落寞已經被期望取代。她緊抿著嘴角，看來似乎十分緊張。不知道是擔心自己的存在被發現後會惹得兒子不快，還是對兒子的表演擔憂。

奇怪的是，明明他們離舞台這麼近，台上的人目光也無數次掃過他們，但就是沒有一次固定在他們臉上。

直到自己曾經載過的男人拿起麥克風，低醇的嗓音透過廣播設備流瀉而出，將整個場域包圍，男人都沒有直視過他們。

陳偉迅灰心地想，會不會是人太多了，所以他沒有看見？又或者是他壓根不想看見大姊出現在這裡，所以故意裝作沒看見他們？

雖然有著這樣的擔憂，但畢竟是粉絲，沒多久陳偉迅就決定拋棄內心的擔憂，專心欣賞演唱。畢竟這還是他第一次聽這個樂團的現場表演。

爲了配合活動主題，「爸媽總是不在家」也沒有表演他們自創的歌曲，反而是翻唱了許多日文歌，雖然旋律多少經過他們改動，復古的感覺卻仍存留著。

一旁的大姊似乎也對這些歌很有感，從她盈滿水光的眼中可以看出來，比起其他樂團的演唱，果然還是兒子的歌聲最能打動她。

雖然自己的計畫沒有得到預料中的回響，但能夠讓大姊更了解兒子在做些什麼，也算是一種長足進步了。

陳偉迅在一曲結束的空檔，把握時機地問：「怎麼樣？妳兒子唱得很好吧？」

大姊卻沒有給予這個問題任何回應。她的目光固定在舞台上，而那位站在正中央的男人，不知何時也望向了他們。

「那個，我有一個請求，不知道可不可以讓我再唱一首，這首歌我想唱給現場一位很重要的人聽。」

台上的男人說著，將目光轉向站在舞台邊的主持人，那帶著一點皺紋的臉龐笑著，露出俏皮的表情。

主持人大聲回覆：「看你唱得好，今天特別優待你，下次要收錢喔！」

後方的人群傳來稀疏的笑聲，再次安靜下來時，男人拿起了吉他，目光回到陳偉迅他們的方向，緩慢且悠揚的樂聲響起。

若想起故鄉，目屎就流落來，

免掛意請妳放心……我的阿母，

雖然是孤單一個，雖然是孤單一個……

我也來到他鄉的這個省都，

不過我是眞勇健的，

媽媽請妳也保重……

男人修長的指尖撥動那些粗細不一的弦，音樂如水波般散了出去，也擴進大姊的眼底。陳偉迅側眼去看，那些盈滿在眼眶中的水光終於落下，一顆顆打在即將完結的音符上。

陳偉迅相信，此刻兩人無須言語，卻都已經明白對方的心意。

他覺得自己該離開這裡。這是屬於他們兩人的空間，自己應該留下這片空白，交予他們。

□

他來到人群最外圍的地方，映入眼簾的，是一個意想不到的人——阿峰。

「這麼稀奇，你也會來聽樂團表演，我還以爲你除了賺錢沒有其他興趣咧。」陳偉迅忍不住脫口而出，話說出口後才察覺自己這番言論好像顯得有些挑釁。

所幸這時林大哥從阿峰身後走了過來，適時地救場。

「是我拉他來的啦。你不是到處拉人來聽？我就想說順便讓阿峰也來，一起聽。不只他來了，你看那邊，很多人都來了。」

陳偉迅順著林大哥比的方向看去，果然見到一排老面孔聚在一起，他們並沒有專注地聽音樂，而是圍成了一圈說笑著，有些人手上還點著菸，神情十分放鬆的模樣。

林大哥接續著說：「我覺得這個活動辦得挺不錯的，現在這首《媽媽請妳也保重》，唱得很好耶！」

「這是大姊的兒子唱的！大姊也來了喔，她在最前面聽。」陳偉迅立刻回應。

「她也有來喔？想不到，她兒子現在長這麼大了喔。」林大哥不曉得想到了什麼，笑容中竟然帶著幾分揶揄的味道。

「我超喜歡她兒子寫的歌！」陳偉迅還是不放棄傳教。

「是喔？」但看來林大哥對現代的流行歌曲還是沒有多大興趣，即使看見陳偉迅點頭，也沒有再多說，只是點了根菸，加入了旁邊那個圍成一圈的團體。

陳偉迅於是將目光移向那個沒說話的人，決定彌補下自己剛剛有些失禮的表現。

「怎麼樣？你覺得好聽嗎？」

阿峰聳聳肩，「真要說的話，阿娟唱得比較好。」

陳偉迅有些驚訝竟然會從這個人口中聽見稱讚別人的評價，雖然這個稱讚還是顯得有些刻薄。

「那麼大姊當年唱得眞的很好囉！可惜我沒有聽過。」

「可惜什麼？她人又沒有死，你想聽，拜託她唱就好了。」阿峰的眼珠微微向上一瞟，像是對他說的話十分不以爲然。

陳偉迅想想，也覺得自己剛才說的話好像有點語病，便不與阿峰計較，接著解釋道：「可是大姊現在好像不唱歌了？」

阿峰沉吟了一陣，「她沒有舞台了吧，畢竟北投那卡西早就沒了。想不到喔，反而是機車快遞活得比較久。」

這已經不是陳偉迅第一次聽阿峰說類似的話了。先前他就不斷思索著阿峰說的「終究會被淘汰」的問題。直到今天，也就是這一秒鐘，陳偉迅覺得自己終於能夠回應當時那句令自己啞口無言的話了。

「我覺得，不會沒有舞台的。」他迎視著阿峰漆黑的瞳孔說：「雖然時代會前進，但是也會留下過去的痕跡。」

他說著將目光投向前方，已經散場的舞台邊，此刻大姊與兒子神情平和地站在一起，似乎正說些什麼。

看著那樣的畫面，陳偉迅發自內心笑著說：「即使舊的東西消失了，總會以某種形式遺留下來，成爲新的東西。」

阿峰與他看著相同的方向，眼神中夾帶著一種不平與糾結，「她有兒子可以傳承，我呢？那我有什麼？就算傳承了，難道我可以賺更多錢嗎？」

「你做這份工作眞的只是爲了賺錢嗎？難道你沒有對它產生感情嗎？」隨著阿峰明顯激動起來的情緒，陳偉迅的聲音也不自覺大聲了起來。

「不是爲了錢是爲了什麼？要不是沒有其他選擇，誰會來做這種工作？」

阿峰的眼神一如那晚陳偉迅在黑暗中看見的那樣黯淡，只有在隱隱的深處，那盞燈火仍亮著，沒有熄滅。

他看了一眼阿峰的神情，鼓起勇氣說：「你難道不想留下什麼嗎？我覺得你並不只是爲了錢才留在這。就算眞是那樣，起碼你工作效率比我高啊！那代表你一定對這份工作有研究。」

阿峰愣愣地看著面前這個態度誠懇的少年，罕見地既沒有露出不悅的神情，也沒有反駁。

他只是靜靜地聽著，聽著對方高亢的音調，以及因情緒激動而變快的語速。

「如果只是想賺錢，沒有付出感情，怎麼會有客人找你跑私單呢？」

至此，陳偉迅再也沒有說話了，他的目光死鎖著阿峰，企圖從對方那百年如一日的表情中找到一絲動搖。然而阿峰卻沒回應，倒是低頭從口袋中掏出一根菸，緩緩點燃並抽了起來。

先前離開的林大哥不知道什麼時候從那一圈小團體中回來了，他厚實的大掌拍在阿峰肩頭上，「你看連小偉都看得出來，你就是心口不一，嘴硬啦。」

阿峰深吸了一口菸後恢復冷靜，抬起頭，「誰說我嘴硬？我說的都是眞的，懶得跟你們這些人說話，我回去賺錢了。」說著，他撥開林大哥搭在他肩上的手掌，轉身離去。

陳偉迅朝他的背影又說了一次：「如果你只想著賺錢，爲什麼還要來聽大姊兒子的表演？這樣不是就少跑幾趟了嗎？」

阿峰頭也沒有回，語氣平淡地回覆：「我是被硬拉來的。」

陳偉迅轉過頭去看林大哥，「他又說謊對不對？」

林大哥笑答：「答對了！是他聽說唱歌的人是阿娟的兒子，就自己跑過來的。」

「我就知道。」

□

一個月後，陳偉迅的阿公如期出院。

「爲了慶祝阿明出院，大家乾一杯啦！」帶頭舉起酒杯的是林大哥，明明慶祝康復的聚會才開始，他卻已經喝得滿臉通紅，意識有些不清的模樣。

「乾啦！」

「阿明你傷口還沒好，喝果汁啦，喝什麼酒，不要偷倒！」

「對啊！醫生讓你不要喝酒耶！」陳偉迅坐在阿公身邊，也極力阻擋著酒精進入阿公的可及範圍內。

他的行爲吸引一道道目光向他投來，頓時讓他有點尷尬。

林大哥放下酒杯，指著他對阿公說：「我跟你說，這段時間小偉做得很不錯，上班認眞，跟大家處得也好，客人們也都很喜歡他。你要是再不回來，搞不好你的客人都要被你孫子搶走了。」

阿公哼了一聲，「他哪有這麼好？平常整天打電動，什麼事情都不做，要是不提醒，連飯都不照三餐吃。」

「不要老是對孫子這麼苛刻嘛，做得好就要誇獎啊，你要多誇獎他啦！」其中一位在座的大哥說，接著引起其他人紛紛附和：「對啦！小孩子要多誇獎。」「就是說，你這樣小心孫子不喜歡你！」

瞬間場上的話題都圍繞到陳偉迅身上，讓他有些不好意思起來，幾次試圖打斷未果後，他猛地又端起手上還剩半杯的啤酒，「爲了慶祝阿公出院，我們再乾杯啦！」

這招果然很管用，一瞬間那些本來七嘴八舌的叔叔伯伯們紛紛閉上嘴，將酒杯斟滿，然後又是新一輪乾杯。

陳偉迅到底還是初出茅廬的菜鳥，還喝不到一輪就不行了，一個人走出了熱炒店，在外面吹風。

此時天色已逐漸暗下，橘黃色的雲彩掛在天地交會之處，自那之中飄來朦朧的霧氣，就像是他多次折返在磺港溪流經的道路，沿岸無數的溫泉旅店帶著一種陳舊卻又鮮明的色彩，靜靜豎立著，企圖在歲月中保留這片土地上的記憶。

人們的身影在這片若有似無的霧中模糊，他看著那些熟悉的身影，站在自己對面些許距離的地方。

「才喝幾杯而已，就逃出來了？」阿峰一如往常，說話的語氣自帶嘲諷。

幸好陳偉迅已經習慣他這種交流方式，不以爲然地靠近他，「沒有，等一下我要帶阿公回家，不能喝太多。」

阿峰喔了一聲，尾音拖得長長的，不知道爲什麼聽來竟然有種奇異親和力。

陳偉迅側眼看著手上夾著菸的人，「那你爲什麼不進去跟他們一起喝？你酒量很差嗎？」

「我等等要自己騎車回去，不能喝酒。」阿峰回。

「那你來這裡幹麼的？」陳偉迅忍不住問出了心中的疑惑，雖然這個疑問又讓他的語氣顯得有些挑釁。

阿峰果然翻著一半的眼白看他，「我不能單純來慶祝阿明康復嗎？」

陳偉迅眨了眨眼，然後笑起來，「謝謝你齁！」他刻意模仿對方有些生硬且怪異的口氣道謝。

不過阿峰今天的心情似乎很好，默默地吸了口菸，並不在意他奇怪的口氣。

陳偉迅覺得兩人都碰在一起了，不講話好像又有點奇怪，想了半天後終於找到一個話題。

「你跟我阿公熟嗎？他有沒有什麼有趣的事？」

阿峰果然放下菸，看了陳偉迅一眼，臉上換了一副沉思的表情。片刻後他才開口：「你阿公年輕的時候跟你一樣，少根筋。」

陳偉迅皺起眉頭，怎麼覺得這好像不是什麼有趣的事情，而且是不是還間接罵到了自己？不過他還是耐著性子繼續聽下去。

「不過俗語有句話叫傻人有傻福。你阿公就是，他是我們這些人裡面最快成家的，還追到了那時候車隊的夢中情人。」

這件事情他好像聽過，搭腔道：「我阿嬤喔？聽說我阿公很會追妹子，我還想說教他傳授一、兩招給我。」

誰知道阿峰聽了噗哧一笑，「他會追妹仔？不要開玩笑了。你阿公跟你一樣呆，哪裡會把妹？」

「這是林大哥跟我說的啊！」

阿峰又露出一副嘲諷的神情，「他是不想給你阿公削面子啦。你阿公完全就是運氣好才娶到老婆的。」

陳偉迅有些茫然，怎麼同一個阿公在兩個人的敘述裡會完全不一樣呢？

「那你說，我阿公是怎麼憑運氣追到我阿嬤的？」

「抽籤啦。」

「什麼？」陳偉迅一臉驚愕。

「那時候大家都想趕早上五點半去你阿嬤的雜貨店送貨，兄弟們爭得都快打起來了。最後是阿明提議抽籤，結果就抽到他了。」

「所以我阿公每次都抽中去雜貨店送貨？」他有些不敢置信。

「頭幾次是。但後來你阿嬤就指定要你阿公送了，也許那時候他們就互相看對眼了吧。」

陳偉迅覺得這個版本由阿峰嘴裡說出來，不知道怎麼就有種令人不想相信的感覺。憑著對阿公與林大哥的信任，他又問：「我還聽說我阿公交過很多女朋友咧！那怎麼說？」

阿峰又是噗哧一笑，「有沒有很多我不知道，但都沒幾天就分手了。」

他目瞪口呆地看著對方，腦中急速運轉著，希望能辨別出究竟是誰在欺騙自己。冷不防從後方伸來一隻大掌，在自己肩膀輕拍了一下。

「你們在說什麼？」原來是阿公不知道什麼時候也出來了，帶著一點微醺的模樣，看來最後還是喝了些酒，出來醒酒。

阿峰看著他，又露出一貫嘲諷的笑容，「在聊你的情史啦！你孫子好奇你都怎麼把妹。」

阿公聽聞，刻意做出一副莊重的神色，輕咳一聲，「你怎麼又問這個問題？上次不是跟你說過了。」

「不是！阿公我跟你說……」陳偉迅張嘴想反駁，可是又覺得這件事情說出來有點尷尬，於是話說到一半便停了下來。

「是怎樣？」阿公則是一臉問號地看著他。

「峰哥說了很多你的壞話！」陳偉迅苦思半天，覺得這句話應該是最婉轉又最能表達自己原意的。

不過阿公僅是淡淡地瞥了他一眼，好像並不意外也不生氣的模樣。倒是阿峰將手中快燒盡的煙捻熄，慢慢往回走去，逐漸離開了他們的視野。

阿峰的離去給了祖孫倆交談的空間。陳偉迅覺得也許可以趁著現在這個機會，向阿公詢問那些自己好奇並在意的問題。

「阿公，你跟阿嬤到底是怎麼在一起的呀？」他選擇從最安全的問題開始，打算一步步深入。

想不到這個最初級的問題竟讓阿公陷入了沉思。他蒼老的臉龐在夕陽昏黃的光影下顯得有些落寞，長長的影子拖在他身後，就像是原本那個應該陪著他形影不離的人，而今卻只剩下他自己。

阿公沉思了很久，就在陳偉迅以爲他不會說了，才聽他緩慢而平和的聲音響起。

「我當完兵後不知道要做什麼，聽人介紹就跑來做這個，連機車都是借錢買的，第一次跑單，就是去你阿嬤家送雞蛋。」

「你不要以爲送雞蛋很容易，那時的路跟現在不一樣，很少有鋪柏油的，大多數都是碎石路，把那箱雞蛋都顛破了。到了雜貨店，一整箱的破雞蛋，我那時候嚇得尿都要流出來了。」

「太誇張了吧？一箱雞蛋嚇成這樣？」雖然他暗自決定不要打岔，但是聽到阿公的敘述，陳偉迅仍是忍不住吐槽。

「你不知道那時候一箱雞蛋有多貴，我都還沒賺錢，還欠錢，怎麼會不害怕？」

陳偉迅雖然不太了解那到底是多嚴重的事情，但還是配合著說：「那然後呢？」

「你阿嬤的心地實在很好，她看我一個年輕人，沒有什麼錢，就偷偷又塞給我一些錢，讓我再去買一箱雞蛋回來。」

「沒跟你收錢喔？」

「後來我心裡不好意思，拿到薪水就還她了。」

陳偉迅又發表感想說：「那阿嬤人眞的很好耶。」

阿公點頭，「你阿嬤心腸軟。後來我才知道她那時候給我去買雞蛋的錢，是偷偷從家裡拿的，還被她爸發現，大罵了一頓。」

「這就有點太濫好人了吧？」他再度吐槽。

阿公瞪了他一眼，立刻讓陳偉迅收聲。

「後來我問你阿嬤，我那時跟她非親非故的，爲什麼要這樣幫我。她說她看我衣服舊舊的，有些地方都破了，肯定沒什麼錢，與其跟我要錢，還不如讓我好過點，說不定之後還會還錢給她。」

陳偉迅張嘴又想對這行爲評價一番，但想起剛剛的經歷，只好將嘴閉上，安靜地等待著阿公說完。

「從那天起，我就決定娶老婆一定要娶你阿嬤這樣的。又善良又溫柔又聰明，長得又漂亮。」

「所以你就對她展開熱烈追求了嗎？」

「沒有。你阿嬤是雜貨店的千金耶，我那時只是個窮小子，怎麼敢隨便追她？」

「那怎麼辦？」

「我就認眞工作啊。每天都很早起來跑車，跑到很晚才下班。一、兩年後終於存了一筆小錢，我才有底氣了，鼓起勇氣去追你阿嬤。」

「那你是怎麼追她的？」故事終於進展到了他最感興趣的環節。

「就去她家送貨時找機會跟她多講話，之後你阿嬤就答應跟我出來看電影了。」

「這麼容易？這中間沒有什麼波折嗎？」

「當然有發生很多事情。但是只要跟你阿嬤在一起，什麼問題都不是大事。」阿公說出這句話時，天邊的夕陽終於落下了，一旁豎立的路燈漸次亮起，熾亮的白光打在阿公的臉上，將那些皺紋刻劃得更深。

陳偉迅也從阿公的話語中聽出了一些沉重的氣息。

「我最後悔的，就是沒有發現你阿嬤得癌症，讓她這麼早離開。」

隨著阿公的話，他也想起了那段塵封的記憶。那時候的自己對死亡不太有概念，但看見阿嬤躺在那個長方形的「盒子」裡時，他有種害怕且茫然的感覺。後來很長一段時間，他每次回到阿公家，都會下意識地先將家裡巡一遍，想看看阿嬤在不在，但他一次也沒找到過阿嬤。

現在回想起來，阿嬤的死不僅對阿公是個巨大的打擊，對那時的自己亦是。

眼見話題似乎有點沉重，自己無意間勾起了阿公傷心的往事，他趕緊轉變情緒又問：「峰哥說你運氣很好，每次都能抽中幫阿嬤送貨的籤，我想這就是電視劇裡說的命中註定吧？」

阿公聽見這個問題，罕見地撇過了頭，臉上浮現一抹不自在的神色，「那個不是運氣好啦。」

聰明如陳偉迅立刻發現了其中的問題，「嗯？那是什麼？」

「那個是作弊啦。」

「什麼？你作弊？」陳偉迅瞪大了眼睛看著阿公。

阿公仍然撇著頭，迴避與他對視，「你不懂啦，小孩子不要問這麼多。」

又是一貫熟悉的態度，每當阿公不想回答或是解釋不清楚時，都會用這樣佯裝凶惡的語氣來回應他，但是這幾天的相處下來，陳偉迅逐漸發現隱藏在這樣凶惡語氣的背後，也許更多是害羞。

陳偉迅從小就覺得阿公好像對自己特別凶，總是要他像個男子漢，跌倒了不許哭，被罵也是家常便飯，所以他對阿公一直都是敬而遠之的，即使他知道阿公真的很關心自己。

但經過這一個多月的經驗，他覺得也許阿公並不是自己之前想的，那麼嚴厲的人。也許在內心深處有更多地方與自己相似，而且他也知道了，在多數時候，阿公面對自己的凶惡，都只是在掩飾自身的不擅言語。

這裡的每一個人也許都不完美，但是他們真誠且熱情。

□

「少年仔，快收攤你才來，怎麼這陣子都沒見到你來買菜？是被車行辭頭路囉？」

「沒有啦，我開學了，要回去上課。今天放假有空，來幫我阿公買菜啦！」

一個多月的跑單生涯讓陳偉迅與菜販大哥成為了朋友，也因為那陣子頻繁上菜市場，他終於學會了怎麼挑菜。

「喔這樣，那你阿公怎樣？腳有比較好一點嗎？」

「他好多了，過幾天就回來跑車了。」他維持笑容，選好自己想要的菜，將錢遞給老闆。

「這籃番茄給你，回去煮給阿公吃喔。」老闆收過錢還不忘叮嚀，「要多照顧你阿公一點，我們好久沒看見他了，這裡的人都很想他啦。」

這時，陳偉迅都會不禁佩服他阿公的好人緣，不僅是自己那一個多月的代班總會有阿公的熟客來捧場，去哪裡還都會遇到阿公的熟人，就連菜市場的攤販們都對阿公如此關心。

他一面讚歎著阿公的厲害，正轉身離開時，身後突然傳來一道熟悉的叫喚聲。

「阿弟仔是你喔？怎麼今天有空來買菜？」

「大姊！妳怎麼在這裡？」

兩人相看一眼，都尷尬地笑了起來。這時旁邊插入一道聲音，歡快且高昂：「阿娟妳還要不要唱？大家都在等耶！」

陳偉迅才注意到這間敞開的店面前不只有大姊一人，旁邊還擺放著一些桌椅，或坐或站鬆散地圍著一些人。

「好啦！你不要著急啦！唱歌要慢慢培養情緒！」

「你們在做什麼啊？」陳偉迅好奇地問。

大姊熱情地拉著他向中間站了些，「你會唱《媽媽請妳也保重》嗎？」

這首歌陳偉迅是聽過的，不過也僅限那一次聽大姊兒子唱過。他誠實地搖搖頭，「不會耶。」

大姊露出有些失望的神色，但隨即拿起麥克風，笑咪咪地環顧一圈，「謝謝大家今天捧我阿娟的場，接下來為大家帶來一首《媽媽請妳也保重》。」

悠揚的音樂聲從擺放在角落的喇叭裡流瀉而出。陳偉迅這時才驚訝地發現，原來大姊身後竟然放著一台卡拉ＯＫ點唱機。

前奏播放完畢，大姊低沉而有力的聲音透過麥克風在偌大的商場散開，周圍不少已收攤的店家都從攤位中走了出來，有些人朝向這邊，像是張望著究竟是誰能唱出這麼好聽的歌聲，有些人則是凝視著遠方，像是在歌聲之中想起了什麼。

一曲完畢，大姊放下麥克風，四周爆出一陣如雷的掌聲。

「好！」「唱得眞好！」「不愧是阿娟！那卡西紅牌！」

大姊一一向周圍的人答謝後，視線回到陳偉迅身上，目光之中帶著謝意，「多虧你，我跟兒子和好了。」

他沒想到她會突然提起這件事，畢竟他自從那天後就一直沒怎麼碰到大姊，兩人從未就這件事情討論過。陳偉迅呆滯了一下，才反應過來，不好意思地搔搔頭，「不會啦。大姊妳在這邊開演唱會喔？」

「不是啦！我是看到市場休息後，這裡有一群人聚在一起唱歌，唱的歌路跟我也像，我就來加入他們。」

陳偉迅喔了一聲，張望四周，有些似懂非懂的，「所以這裡是KTV嗎？」

大姊噗哧一聲笑了出來，「差不多是那樣啦。」

兩人說話間，那台卡拉OK機又流洩出輕快的音樂，旁邊一位阿伯隨著音樂搖擺，神情投入地舉起麥克風，高昂唱起屬於他的歌。不過悅耳程度跟大姊比起來，就差太多了。

幾首歌過去後，周圍的人們又鼓譟著要大姊繼續唱。

「換阿娟啦！」「阿娟來首拿手的！」「阿娟唱《望春風》啦！」此起彼落的叫喊聲，隨著大姊臉上鮮明的笑容更加響亮，她終於禁不起大家的起鬨，再度拿起了麥克風。

「大家這麼捧場，那我就再唱一首《望春風》。」

陳偉迅在那邊愣愣站了一會兒，在音樂間奏時終於想起自己手上還提著菜，必須趕快回家。

他無聲地朝著大姊揮手，離開時還聽見身後傳來大姊的聲音。

「有空再來聽我唱歌。」

歌聲逐漸被車聲掩蓋。回想起這一個多月的奇幻旅程，他不僅認識了本來一輩子都不可能有交集的人，也聽到了許多潛藏的回憶。

當他穿越在這由新舊交疊構築起的小鎮，那些記憶也將隨之在眼前舒展……

也許，自己也成爲了故事中的一部分。

《北投機車快遞》完

/ 後記

起初是想著寫一篇能融合地域歷史的故事，在調閱了眾多資料後，我突然發現離我最近，也是我最了解的北投，也許就是好的標的。於是我在知曉的資訊中反覆挑選，終於想出了我想要描寫的主軸——機車快遞。

寫這篇故事的那年不巧遇上了新冠疫情，疫情不僅拖慢了我的寫作進度，也讓整個社會風聲鶴唳。我清楚地記得那一段日子，整個台灣社會中瀰漫著一種對於外出的恐懼，害怕著那些肉眼不可見的病毒，恨不得將所有與人的連結都斬斷。

所幸在那樣艱困的歲月中，我還是一點一點地寫完了這本書，並且十分幸運地能夠在疫情下親身前往北投採訪現今還在從事機車快遞的車手。

在與大哥的談話過程中，我了解到許多透過紙本資料與紀錄無法看見的事情。

原來現今的機車快遞雖然被視作北投的文化活動，卻是一個十分曖昧的產業，政府對之抱持著不承認也不否認的態度，想當然在這樣「曖昧」的體制下，這些受到疫情影響的車手們，自然無法與其他工作相比，既無法證明自己從事的行業，也無法證明自己受到影響，繼而領不到政府發放的紓困金。

說到這件事情，大哥的語氣有些無奈，但似乎並沒有多少埋怨，好像對這一切都已經習慣。他十八歲時因爲鄰居的介紹加入車隊，那時候跑一趟車起跳是五塊，吃一碗麵只要兩塊，到現在出一趟車四十，但是一碗麵也漲到了三十五塊。以前只要載一次客人就可以吃兩碗麵還有剩，現在卻連一碗麵都快要買不起。

熟悉的客人與車手隨著時間老化，新興的平台瓜分客源，愈來愈少的載客數顯示了這個行業正在衰敗，從大哥口中，我聽見的是濃濃的日落之感，彷彿在他們這一代人消失後，這個行業就會正式畫下句點。

這與我在開始採訪前的想像有著巨大的落差。也許是基於我個人的私心，即使得知了這樣殘酷的現實，在小說之中我仍是留下了一線希望，希望也許在未來，能出現一些轉機，讓這個職業能繼續存在。

另外，大哥也在採訪時與我分享了一些他跑車的趣聞。

那時候的車行還有排夜班的規定（現在已經取消，以大哥所在的車行爲例，頂多排班到三點），而那天負責值班的大哥接到了一位打扮時髦的小姐委託，要將人載往大屯山。

民國五、六十年的大屯山是一片荒地，鮮少有人居住，頂多山頭上幾座「陰宅」遠遠眺望著行走在山路上的人們。所以接到這個任務的大哥心裡不禁覺得有些毛毛的，但是想到這位前來的小姐隻身一人，也害怕她半夜危險，於是即使心裡害怕，還是載著小姐前往大屯山。

雖然最後山路的盡頭確實出現了小姐所居住的房舍，隱藏在山林之中，只有那一戶人家。即使此事距今已經四十多年，大哥卻依舊記憶清晰，敘述中還帶著一絲那時遺留的恐懼，可以想見那時大屯山一帶的夜路確實令人避之唯恐不及。

聽著受訪的大哥生動的敘述，我也總會在書寫的時候想像他曾經見過的年代。爲了親眼看一看，我四處收集了很多老照片，照片中最多的還是北投車站的影像，顯見當時這條火車線對北投人的重要。

這條如今改建爲捷運線的火車路線，經過唭哩岸（現在的石牌一帶）→北投→江頭（現在的關渡），運送往返兩地上下班的人們，也載運觀光客前往北投，沉浸在那座繁華美麗的溫柔鄉。

在大哥的口述中，北投與以前的變化並不大，也留下了過往的職業。如今機車快遞的主要客群也來自當地人，穿梭在大街小巷的檔車與當地的住民有著一份特別的連結，他們能夠替民眾採買日用品，也可以安全將人送回家。

然而機車快遞這個職業從當時好好做幾年就能夠賺到一棟樓房，逐漸改變爲難以餬口，不鼓勵年輕人從事的夕陽職業。剩下新加入的車手，也多半是年紀相仿，從事其他職業有困難，進入車隊就是爲了賺一分零花，有所需求的人們。

即使近年來有愈來愈多的活動會提起他們，機車快遞的車手們也接受了不少採訪，卻無法改善他們的收入。於是在來電較爲閒暇的時段，一群車手們在車行泡茶，就成了固定的風景。

下次路過北投，不妨試試以當地特有的機車快遞作爲交通工具，或許也能在與大哥們的聊天中，窺見那些資料上沒有記載的失落歷史呢！

汪恩度

/附錄

早在Uber Eats、foodpanda、各種城市快遞等外送平台流行前，北投就已誕生出獨屬當地的「限時專送」。他們不只能幫忙配送餐點，還能協助「送人」，從接送學童上下課、替長輩上市場買菜、幫通勤的上班族趕上捷運，以及載外地遊客前往旅遊地點。

如此便民的服務，其實一切都和北投的溫泉文化與地形關聯甚密……

北投的溫泉產業鏈

北投的溫泉遠近馳名，在日治時期時相關產業蓬勃發展，一九六〇、一九七〇年代時更是發展得如日中天。溫泉旅館一間接著一間地開，許多行業因應而生，或是隨之發達，例如：女中、那卡西歌手與樂手、女性侍應生，以及限時專送。

女中，為台灣人對溫泉旅館中女服務生的稱呼，工作包含環境清潔、招呼客人等，任務非常繁重，待命時間又極長，但因收入相對可觀，還是有許多人前來爭取工作機會。

源自日本的那卡西，是日文「流し」的音譯，樂手和歌手們流轉在餐館、旅館或娛樂場所表演，他們會接受客人的點歌演唱，也能即興演出或幫客戶伴奏。他們往往熟知千首以上，甚至是多種語言的歌曲。在北投溫泉旅館的那卡西表演最興盛時，演藝人員們常是一個活動接一個，連續趕場，穿梭在不同飯店中。

至於女侍應生，那時她們無法在住宿戶內接待客人，而俗稱「貓仔間」的住宿戶，就是聯繫侍應生與客人的管道，接獲電話通知，侍應生們才會移動至旅館。

因爲工作性質的特殊性，許多溫泉產業的相關從業人員都需要不斷往返不同地點，或者因上下班時間的問題，快速靈活，機動性又高的交通方式可能較符合他們的需求。在這樣的時空背景下，「限時專送」因應而生。服務包含接送侍應生與那卡西歌手們前往溫泉旅館、協助旅館送貨，當然也有載送按摩師傅或其他溫泉業相關人員等內容。可以說，北投的溫泉文化，不只帶動了那時當地的經濟繁榮，還孕育出一連串的特色產業。

北投地形與機車快遞的連結

北投的地形變化豐富，許多路段都是彎曲狹窄的山路，有些還有一定的坡度，當時的汽車尚未普及，因此在機車引進台灣後，如此便捷迅速的交通工具便自然而然融入北投的特色產業鏈中。

即使一九七九年北投廢娼，整條溫泉產業鏈大受影響，諸多職業隨之蕭條甚至幾乎消失，北投機車快遞仍然穿梭在街頭與坡地，成爲當地的日常特色。

限時專送的前世今生

目前所知的北投限時專送車行，皆有一組特別的四字密碼，並都以此來爲車行命名。這些神祕的四字密碼全是阿拉伯數字，實際上爲電話末四碼，例如北投第一家機車限時專送「3181」。

提到「3181」，有些老北投人記憶中的名稱可能是「181」，無論是哪個名字，都是當地居民生活中重要的好幫手。

現在的機車快遞，生意確實已不再有巔峰時期的興榮，但他們卻以另外一種形式，更加深入鄰里，更加貼近人心。除了幫助送飯給獨居長輩外，協助買藥、送藥、待繳款項，或者是作爲對地方瞭若指掌的資深嚮導，協助人們找路，也傳承記錄曾發生在這片土地上的種種故事。

參考資料

■ 新北投車站〈驛。百年〉展覽　#17 新北投溫泉飯店產業介紹（https://artogo.tw/exhibition/stationacentury/work/abf300256ec3）

新北投車站〈驛。百年〉展覽　#19 那卡西文化介紹（https://artogo.tw/exhibition/stationacentury/work/a4ac012d88a4）

新北投車站〈驛。百年〉展覽　#20 北投限時專送介紹（https://artogo.tw/exhibition/stationacentury/work/22cf7ff5e6a9）

■ 國家婦女館，〈綴在北投溫泉路的青春：女路手冊—北投〉（https://www.taiwanwomencenter.org.tw/upload/media/travel/女路手冊-北投.pdf）

■ 台北市北投區立農國民小學—御劍飛壘，〈騎士傳情～機車限時專送〉（http://library.taiwanschoolnet.org/cyberfair2013/sport606/history.htm）

■ 北投說書人，〈北投限時專送專題〉（https://www.storytellingtw.com/blog-1/categories/e5-8c-

97-e6-8a-95-e9-99-90-e6-99-82-e5-b0-88-e9-80-81）

■ 數位島嶼，〈北投風華系列二：國府時期〉（https://cyberisland.teldap.tw/feature/umd）

國家圖書館出版品預行編目資料

北投機車快遞／ 汪恩度 著.
— — 初版.— —台北市：蓋亞文化，2023.02
面；公分.（島語文學；5）

ISBN 978-986-319-733-1（平裝）

863.57 111020774

島語文學 005

北投機車快遞

作　　者　汪恩度
封面插畫　Hao-Yun
裝幀設計　謝捲子
責任編輯　盧韻亘
總 編 輯　沈育如
發 行 人　陳常智
出 版 社　蓋亞文化有限公司
地址：台北市103承德路二段75巷35號1樓
電話：02-2558-5438　傳眞：02-2558-5439
電子信箱：gaea@gaeabooks.com.tw
投稿信箱：editor@gaeabooks.com.tw
郵撥帳號 19769541　戶名：蓋亞文化有限公司
法律顧問　宇達經貿法律事務所
總 經 銷　聯合發行股份有限公司
地址：新北市新店區寶橋路二三五巷六弄六號二樓
電話：02-2917-8022　傳眞：02-2915-6275
港澳地區　一代匯集
地址：九龍旺角塘尾道64號龍駒企業大廈10樓B&D室
電話：+852-2783-8102　傳眞：+852-2396-0050
初版一刷　2023年02月
定　　價　新台幣299元
Published and printed in Taiwan

ISBN 978-986-319-733-1

本書獲文化部青年創作獎勵

Gaea

Gaea

Gaea

Gaea